카페, 공장

카페, 공장

이진 장편소설

(주)자음과모음

갈 곳이
없어!

　오동면에서는 공간이 남아돈다. 우선 하늘. 탁 트인 하늘을 가로막는 높은 건물이 없다. 낡은 단층 주택과 반지하를 낀 이층집들이 대부분이다. 상가 건물도 몇 채 있지만 높아봤자 4, 5층을 넘지 않는다. 10여 년 전에 지어진 10층 아파트 두 채가 낮은 집들과 텃밭 사이에 어색하게 끼어 있지만 아무래도 존재감은 미미하다.

　하늘뿐만 아니라 땅도 마찬가지다. 서울 사람이 어쩌다 오동면에 오면 '세상에, 서울만 벗어나면 노는 땅이 이렇게나 많은데'라며 너스레를 떨고 싶어 입가가 근질근질해질 것이다. 농사를 짓거나 목축업을 하는 집들은 너른 논밭과 축사 저편에서 엄지손톱만 하게 보인다. 너무 낡아 폐가처럼 보이는 집도 마당만큼은 널찍하다.

　아파트에서 평생을 사는 사람들은 '마당이 있는 삶'을 꿈꾼다지만 오동면에서 마당을 정성 들여 가꾸는 집은 거의 없다시피 하다. 마당에는 주로 신경 쓰지 않아도 알아서 잘 자라는 대파나 상추를 심는다. 그것들을 한가득 심고도 남는 땅에는 화분과 농기구, 비료 포대와 아마도 다시는 재활용할 일이 없을 재활용 쓰레기들을 대충 쌓아 놓는다.

오동면에서 제일 북적거리는 곳은 오동 고등학교다. 한때는 400명이 넘었다는 전교생 수는 이제 123명까지 줄어들었다. 선생님들까지 합쳐도 150명에 미치지 않는다. 그러니 학교에도 공간이 남아돈다. 123명의 학생들이 수업을 마치고 시간을 때우는 곳은 학교에서 10분 정도 걸어가면 나오는 버스 정거장 앞이다.

버스는 오동면과 바깥세상을 이어 주는 유일한 대중교통 수단이다. 서울이라면 응당 '터미널 앞'이나 '기차역 앞'이 있고 버스 정거장도 '마을버스 정거장', '일반버스 정거장', '공항버스 정거장', '택시 정거장' 등 여러 종류로 나뉘지만 오동면에서 정거장은 그냥 버스 정거장 하나로 다 통한다. 아무튼 정거장 앞은 오동면에서 제일 번화한 중심가라고 할 수 있다. 편의점, 면사무소, 슈퍼마켓, 약국, 카페, PC방, 당구장, 모텔, 중국집, 배달 치킨집, 오동면에서 유일하게 홀 케이크를 만들어 파는 빵집, 얼마 전에 생긴 인형뽑기방까지. 있을 것은 다 있다. 그리고 그 모든 가게들을 전부 합친 것보다 많은 숫자의 갈빗집과 쌈밥집들이 정거장 앞으로 난 큰길을 따라 죽 늘어서 있다.

수업을 마치고 나면 오동 고등학교 아이들은 다 같은 말을 한다.

"이따가 세븐일레븐 갈래?"

"이따가 이디야 갈래?"

정거장 앞에는 오동면에서 유일한 프랜차이즈 카페인 이디야 커피와 세븐일레븐 편의점이 있다. 물론 오동면 아이들이 갈 수 있는 곳이 그 두 군데뿐인 건 아니다. 앞서 말했지만 오동면에는 빵집도 있고, 치킨집, 떡볶이집도 있고…… 있을 것은 다 있다. 다만 요즘 고등학생들이 정말로 가고 싶어 하는 곳, 인증사진을 찍어 친구들에게 자랑할 만한 곳이 없을 뿐이다.

"우리 간만에 롯데리아 갈래?"

수업을 마치고 정이가 꺼낸 말에 친구들이 동시에 미간을 좁혔다. 정이, 민서, 영진, 나혜는 오동 고등학교 2학년 1반 단짝이다. 넷은 같은 해에 오동면에서 태어나 학생 수 부족으로 이제는 문을 닫은 오동 초등학교를 다 함께 다녔고 오동 중학교를 졸업했다. 물론 아이들의 부모님끼리도 전부 구면이었다. 오동면에서는 어른 아이 할 것 없이 누구나 구면이다. 설령 서로를 진짜 싫어하더라도. 다행히 네 아이들은 아직껏 한 번도 서로를 진짜 싫어한 적 없이 사이좋게 지내 왔다.

"롯데리아?"

영진이 납작한 콧잔등을 타고 흘러내린 안경을 추어올리며 반문했다. 정이는 힘차게 고개를 끄덕였다. 세븐일레븐에서 파는 편의점 햄버거도 패스트푸드점의 햄버거 못지않게 푸짐하지만, 갓 튀겨 나온 감자튀김과 리필을 받을 수 있는 탄산음료와 달콤한 밀크셰이크는 롯데리아에서만 먹을 수 있다.

오동면 사람들이 롯데리아에 가려면 우선 정거장에서 버스를 타고 오동면 동남쪽에 있는 이웃 동네 칠동면까지 가야 한다. 칠동면도 서울 사람들 기준에서는 어마어마한 깡시골이지만 오동면하고는 비교가 안 될 만큼 번화한 곳이다. 칠동면에는 초등학교부터 고등학교까지 학교가 세 곳이나 있고, 어린이집도 두 군데 있다. 체육관과 도서관, 차양이 달린 전통 시장, 롯데리아, 파리바게트, 생과일 음료 체인점과 다이소가 있으며, 편의점은 종류별로 세 곳이나 있다. 서울 사람들이 '비교가 안 될 만큼 번화한 곳'이 고작 그 정도냐고 묻는다면, 머쓱해질 수밖에 없지만.

세븐일레븐에서 산 커스터드 크림빵을 오물거리던 민서가 난감한 표정으로 중얼거렸다.

"엄마가 오늘 빨리 오라고 했는데."

"울 엄마도 맨날 그 소리 하는데 뭐."

앞머리에 핑크색 헤어롤을 끼운 정이가 새우깡을 한 번에 세 개씩 집어서 입에 넣으며 받아쳤다. 한시도 가만있지 못하고 천방지축으로 돌아다니는 정이는 온종일 과자를 입에 달고 살아도 살이 잘 찌지 않았다. 아침마다 고데기를 동원해 갖은 난리를 쳐도 가라앉을 줄 모르는 곱슬머리 아래 햇볕에 탄 가무잡잡한 얼굴과 장난기 가득한 눈동자가 막 걸음마를 떼고 뛰어다니는 강아지처럼 반짝거렸다.

"언제부터 엄마 말 그렇게 잘 들었다고?"

영진이 에어컨 바람 탓에 뽀얗게 김이 서린 안경알을 교복 소맷부리로 닦으며 민서에게 면박을 주었다. 안경을 끼자 영진의 송아지처럼 커다란 눈이 딱 절반으로 줄어들었다. 영진은 어릴 적부터 시력이 나빴다. 두툼한 고도근시용 안경을 끼면 얼굴이 못나 보이는 게 속상했다. 라식 수술을 받는 것이 평생의 소원인데 엄마가 위험하다며 허락해 주지 않았다.

"다음 달 용돈 미리 당겨 받아서 눈치 보인단 말야."

민서는 구시렁거리며 파우치에서 자외선 차단 성분이 들어 있는 파우더를 꺼내 뺨과 이마에 열심히 발랐다. 민서는 피부가 아기처럼 부드럽고 희어서 친구들의 부러움을 샀다. 피부는 한 살이라도 어릴 적부터 관리를 해야 한다는 말을 입에 달고 살며 먹구름이 낀 날에도 빠짐없이 자외선 차단제를 발랐다.

"딱 햄버거만 먹고 바로 돌아오면 괜찮지 않을까?"

나혜가 고래밥 상자를 뜯다 말고 민서 편을 들었다. 나혜는 넷 중 제일 키가 컸다. 갈대처럼 여윈 민서와 155센티미터짜리 영진 사이에 서 있으면 꼭 대학생 언니처럼 보였다. 넷 중에서 몸무게도 제일 많이 나가는 것이 나혜의 콤플렉스였지만 짓궂은 아이들에게 뚱뚱하다고 놀림을 받아도 가뿐히 웃어넘길 수 있는 성격도 함께 타고났다.

정이가 다시 한번 아이들을 설득했다.

"그래. 나혜 말대로 딴 데로 새지 말고 햄버거만 먹고 바로 돌아오자. 이번에 새로 나온 버거가 핵존맛이래."

롯데리아 신상 버거의 맛을 상상하자 아이들의 목울대가 동시에 꿈틀거렸다. 아이들은 부스러기 한 톨 남기지 않고 깨끗이 비운 과자와 빵 봉지를 쓰레기통에 집어넣은 다음 큰길 맞은편에 있는 정거장으로 향했다. 말이 좋아 큰길이지 비좁은 이차선 도로에는 자동차도 거의 다니지 않았다. 신호등도 없고 가로등도 없어서 깊은 밤이면 완전히 어두컴컴해져 고속도로를 건너는 산짐승처럼 좌우를 잘 살피고 다녀야 했다.

아이들은 정거장 뒤편에 있는 편의점 앞에 쪼그리고 앉아 칠동면으로 가는 4004번 버스를 기다렸다. 이곳은 세븐일레븐이나 씨유 같은 프랜차이즈가 아니라 그냥 '편의점'이었다. 이름이 무색하게 매일 밤 9시면 무조건 문을 닫는데 사장 아저씨 마음대로 7시나 8시에 닫을 때도 있었다. 햇볕에 허옇게 바랜 버스 시간표가 편의점 유리창에 붙어 있었다. 편의점에서는 버스표도 함께 팔았다. 휴가철에 찾아오는 외지인들의 불평을 의식했는지 작년 여름부터 편의점 간판 한 켠에 조금 작은 글씨로 '매표소'라는 말을 추가했다. 칠동면 가는 버스는 30분에 한 대 꼴로 출발했다. 버스를 타고 가는 시간이 30분 정도니까 칠동면에 다녀오려면 왕복 두 시간이 걸리는 셈이었다. 교통이 불편하다 보니 오동면 어른들은 전부 자동차를 몰고 다녔다.

칠동면 시외버스 터미널 앞 롯데리아에 도착한 네 아이들은 신상 햄버거 세트를 세 개 시키고 치킨과 아이스크림도 하나씩 시켰다. 롯데리아에는 때마침 군인들이 가득해서 한참 줄을 서야 했다. 아이들은 바깥세상 음식에 늘 굶주려 있는 군인들만큼 빠르게 햄버거를 먹어치웠다.

"이거 그냥 치킨버거랑 비슷한 것 같지 않아?"

"맞아. 핵존맛까지는 아닌 듯."

아이들은 맛집 블로거처럼 진지한 시식평을 주고받으며 아이스크림에 감자튀김을 찍어 먹었다. 민서는 식어서 축 처진 감자튀김을 집어 든 채 아쉬워하며 중얼거렸다.

"감튀는 버거킹이 짱인데……."

"어 맞아! 버거킹 감튀 존맛이더라."

버거킹 이야기가 나오자 정이는 입가에서 아이스크림을 흘리며 흥분했다. 나혜가 휴지로 정이를 닦아 주며 거들었다.

"버거킹 감튀 마요네즈에 찍어 먹으니까 맛있던데."

"버거킹에서는 마요네즈도 줘?"

민서가 묻자 나혜는 고개를 저으며 대답했다.

"그건 아니고, 예전에 서울 고모네 갔을 때 근처에 버거킹이 있어 가지구 집에 포장해 와서 그렇게 먹어 봤거든. 의외로 맛있더라."

"감튀에 마요네즈라니…… 이상할 것 같아."

영진이 물티슈로 손바닥에 묻은 치킨 기름을 닦으며 말했다.

"독일에서는 감자튀김을 마요네즈에 찍어 먹는대."

"헐. 진짜?"

버거킹 감자튀김과 마요네즈와 넷 중 누구도 가 본 적 없는 독일 이야기로 10분이 훌쩍 지나갔다. 아무리 가랑잎 굴러가는 소리에도 넘어간다는 십대라지만 고작 감자튀김 하나 가지고 그토록 흥분할 일인지 이해 못 할 사람들도 있을지 모르겠다. 집을 나가 조금만 걸으면 버거킹이나 롯데리아, 맥도날드 가운데 최소 한 곳이 나오고, 그마저도 가기 귀찮으면 배달 앱으로 주문하면 그만인 서울 사람들이라면 더욱.

하지만 이 아이들은 고작 패스트푸드점 하나만을 위해 왕복 두 시간 남짓 걸리는 동네까지 버스를 타고 산을 넘어 찾아왔고, 고작 패스트푸드점에 가기 위해 그렇게까지 해야 한다는 사실을 아무렇지도 않게 받아들일 수밖에 없었다. 오동면에서 제일 가까운 버거킹은 제일 가까운 도시인 K시에 있는데 오동면에서 K시까지는 서울행 버스를 타고 50분이 걸렸다. 버스를 기다리는 시간까지 합치면 편도 한 시간 반은 넉넉잡아야 했다. 늘 부족한 주머니 사정에 왕복 버스비도 만만치 않았다. 그래서 아이들은 그나마 제일 가까운 칠동면으로 다닐 수밖에 없었다.

오동면과 칠동면. 지도상의 거리는 10킬로미터 남짓 떨어져 있을 뿐인 좁은 반경. 그곳이 아이들이 나고 자란 세상의 전부였다. 어린 시절을 비좁은 울타리 안에서 어른들에게 보호받으며 보내는 것은 다른 도시, 다른 나라 아이들도 별다르지 않다. 다만 그 좁은 반경 안에 어떤 것들이 채워져 있느냐의 차이가 있을 뿐.

오동면에 자연, 즉 빈 공간은 충분했다. 지나칠 만큼 충분했다. 자동차와 공사장 소음보다 개와 닭과 소 울음소리가 익숙한 오동면 아이들은 자연을 싫어할 수는 있을지언정 낯설어하지는 않았다. 싫어하는 것과 두려워하고 낯설어하는 것은 비슷한 듯하면서도 다른 문제다. 오동면 아이들이 자연을 싫어한다는 말은 지겨워한다는 말과 동음이의어였다.

손가락 끝으로 치킨 튀김옷에서 떨어진 부스러기를 찍어 먹던 정이는 몇 개 안 되는 자리를 꽉 채운 군인들의 머리 모양이 제각각이라는 것을 깨닫고 중얼거렸다.

"예비군이다."

영진이 별생각 없이 대꾸했다.

"동원훈련 하나 보네."

오동면과 칠동면에 자연 다음으로 차고 넘치는 것은 군인들이었다. 온 사방에 육군 병사와 사관과 예비군들이었다. 경기도와 강원도의 경계에 있어 북한 땅과 산맥을 공유하는 이 지역에는 서울에 있는 편의점과 카페들만큼 많은 군부대들이 자리잡고 있었다. 군인들을 보면 우울해진다며 툴툴거리는 사람은 군대를 이미 다녀온 어른들뿐이다. 여자 고등학생들은 군인을 봐도 별생각이 들지 않는다. 게다가 오동면 아이들에게 군인이란 자연과 비슷한 존재였다. 어릴 적부터 늘 있던 사람들. 존재하지만 소통할 일은 없는, 나무나 시냇물이나 마당에 심어 놓은 대파 같은 존재들.

그러나 군인들은 사람이지 대파가 아니다. 건넛집 살림살이까지 속속들이 꿰고 살면서 한동네에 사는 군인들하고는 조금도 소통할 일이 없다는 건 이상하지만 누구도 별스럽게 생각하지 않았다. 똑같은 옷을 입고 똑같은 머리 모양을 한 탓에 얼굴도 다 똑같아 보이는 군인들을 보고 있으면 사방을 에워싼 자연이 지겨워지는 것처럼 지루한 기분이 들었다. 하지만 누구도 그런 기분을 굳이 드러내 놓고 표현하지는 않았다. 자연이, 학교가, 인생이, 내 힘으로 바꿀 수도 거역할 수도 없는 무언가를 향해 지겹다고 굳이 소리치지 않는 것처럼.

"내일은 떡볶이 먹을까?"

정이가 기지개를 켜며 말했다. 영진이 어이없다는 듯 말했다.

"내일 먹을 걸 벌써 생각해?"

"그럼 무슨 생각해? 똑똑한 네가 좀 알려줘."

영진은 고민스러운 표정을 지었다. 매일 아침부터 저녁까지 찰떡처럼 붙어 있는 단짝 친구 사이에 이야깃거리라고 해봤자 거기서 거기였다. 중학교 때부터 일등을 도맡아 온 영진이를 빼면 나머지 셋은 공부를 썩 잘한다고는 할 수 없는지라 공부 이야기를 꺼내는 것도 조금 그랬다.

스마트폰을 끊임없이 만지작거리던 민서가 새 화제를 꺼냈다.

"음…… 이번에 새로 나온 다이소 체리 핑크 시리즈 대박 귀엽던데. 이거 봐."

민서가 보여 준 인스타그램에는 널찍한 매장 벽면 한쪽을 가득 채운 팬시용품들을 화사하게 찍은 사진이 올라와 있었다. 정이가 손뼉을 치며 좋아했다.

"진짜다! 대박 귀여워. 그럼 우리 다이소 들렀다 집에 가자."

"그런데 민서는 빨리 가야 한다고 하지 않았어? 괜찮아?"

나혜가 신경 써 주자 민서는 고개를 설레설레 저었다.

"안 괜찮아. 이제 슬슬 가야 해."

"그래. 뭐…… 그런 신상은 어차피 큰 다이소에만 있을 거야."

말마따나 칠동면 다이소는 멀리 떨어진 K시나 그보다 더 먼 서울의 몇 층이나 되는 대형 다이소에 비하면 구멍가게 수준이었고 롯데리아도 도시 사람들이 보면 귀엽다며 호들갑을 떠는 초소형이었다. 영진이 트레이를 들고 일어나며 말했다.

"콜라 리필 받고 집에나 가자."

그래, 갈 데도 없는데 집에나 가자. 모두 군말 없이 영진이를 따라 종이컵을 들고 일어났다.

정이네는 인삼 농사를 지었다. 오동면 남서쪽을 에워싸는 오동산 기슭에 드넓게 펼쳐진 정이네 인삼밭 끄트머리에 할아버지가 손수 토대를 닦아 지은 정이네 이층집에는 할아버지와 할머니, 정이네 네 식구와 작은아빠네 세 식구까지 아홉 명 대가족이 한데 모여 살았다. 아홉 식구들은 다함께 인삼 농사로 먹고살았다. 정이는 비뚤어진 사고뭉치는 아니었지만 공부를 썩 잘하지도 않았다. 딱히 공부를 잘해야 하는 이유를 알지 못할 뿐만 아니라 집안에는 공부로 성공한 사람도 없었다.

할아버지는 중학교만 졸업한 뒤 쭉 혼자 힘으로 일해서 번 돈으로 지금의 인삼밭을 일구었고 정이네 부모님과 작은아빠와 작은엄마는 할아버지의 인삼밭을 물려받아 비옥하게 일구는 것을 무엇보다 중요한 가치로 여겼다. 이유를 찾지 못해도 푹 빠져들 만큼 공부 자체가 재미있다면 몰라도, 정이는 공부보다는 친구들과 어울려 놀고 과자와 콜라를 배 터지게 먹는 게 훨씬 즐거운 아이였다. 그러다 보니 정이는 언제나 전교 1등을 도맡아 하는 영진을 진심으로 존경했다.

오동 고등학교 전교생과 선생님들의 사랑을 한몸에 받는 영진은 오동면 서쪽 평야에 있는 육군 4321부대 소속 차 준위의 금쪽같은 맏딸이었다. 영진이라고 딱히 공부가 재미있어서 하는 건 아니었고 그냥 학생은 공부해서 대학에 가야 하니까 공부할 뿐이었다. 그렇다고 영진이 유명한 학원을 다니거나 명문대 학생에게 과외를 받는 건 아니었다. 애초에 오동면에서는 그런 사교육을 받는 것이 불가능했다. 영진의 공부 비결은 그저 동네 친구들보다 상대적으로 예습과 복습을 더 많이 자주 하는 것뿐이었다. 서울 고등학교들의 수준에는 못 미치겠지만 오동 고등학교에서도 해마다 열리는 다양한 학생 대회와 백일장에 빠짐없이 학생들을 내보냈다. 오동 고등학교에서 타는 상의 절반은 영진이 혼자서 휩쓸었고 나머지 절반은 남자 1등과 2등이 나누어서 탔다. 차 준위는 틈만 나면 오동 고등학교 홈페이지 게시판에 들어가 맏딸의 이름이 적힌 상장의 이미지 파일을 전부 다운로드해 두었다가 친척들과 고향 동창들과 군대 동기들의 단톡방에 자랑했다.

민서의 취미는 다이어리 꾸미기와 '예쁜 종이 쓰레기' 수집이었다. 예쁜 종이 쓰레기란 일러스트나 캐릭터 디자인을 사용한 엽서나 스티커, 마스킹 테이프 등의 팬시 제품을 뜻했다. 민서는 다이소에서 파는 모든 팬시 제품들의 종류와 이름을 줄줄 꿰었고 용돈과 세뱃돈을 아껴 틈틈이 인터넷에서 값비싸고 예쁜 종이 쓰레기를 조금씩 사 모았다. 다이소에서 산 것들은 다이어리를 꾸미는 데 쓰고 인터넷으로 산 비싼 것들은 포장지도 뜯지 않은 채 서랍 안에 잘 모아 두었다. 빳빳한 새 종이에서 풍기는 잉크 냄새를 맡으면 울적한 날에도 기분이 좋아지고는 했다.

오동면 토박이 출신 부모를 둔 나혜의 취미이자 특기는 요리였다. 딱히 이유가 있어서 취미가 붙은 것은 아니고 어릴 적부터 엄마가 시키는 대로 집안일을 배우다 보니까 습관이 된 거였다. 딸

부잣집의 맏딸로 태어난 나혜 엄마는 못 하는 요리가 없었다. 엄마를 닮아서인지 나혜도 요리를 잘했다. 나혜는 심심할 때마다 집에 있는 오래된 오븐레인지로 케이크와 쿠키를 굽거나 마당에 은박지 돗자리를 펼쳐 놓고 고구마와 과일 말랭이를 만들어 친구들에게 나누어 주었고 집 담장을 넘나드는 동네 길고양이들의 밥도 챙겨 주었다. 처음에는 어육 소시지나 게맛살을 주다가 인터넷에서 고양이에 대한 정보를 읽고 닭고기를 삶아 먹이게 되었다. 정거장 뒤편 대추나무집에 가면 질 좋은 고기를 배 터지게 준다는 소문이 오동면 길고양이들 사이에 퍼졌는지 나혜네 집에는 아침저녁으로 길고양이들이 우글거렸다.

어릴 적에 사귄 친구들이 오래 인연을 유지하는 이유는 단순하다. 절대적인 공통점이 있기 때문이다. 그저 고향이 같아서 남을 좋아하게 되거나 정반대로 고향이 다르다는 이유만으로 남을 미워하게 되는 것처럼.

유정, 차영진, 염민서, 최나혜. 네 단짝은 다함께 오동면에서 자랐고 쭉 같은 학교를 다녔다. 단짝으로 맺어진 이유는 그것만으로 충분하다. 물론 개인의 성격이나 취향의 차이도 중요하지만, 그보다 더 중요한 것은 서로의 차이 자체보다는 그 차이들이 이루어 내는 균형이었다. 넷은 의식하지 못했지만 아이들의 타고난 성격과 자라난 환경은 나쁘지 않은 균형을 이루었다. 우선 단순하고 명랑한 정이가 덮어 놓고 앞에 나서면 예민하고 내성적인 민서가 주저했고, 야무진 영진이 미처 생각하지 못한 부분을 꼬집어 내는 바람에 말다툼이 일어나면 속 넓은 나혜가 모두를 보듬고 중재했다. 그리하여 네 아이들이 서로를 정말로 미워하는 일은 일어나지 않았고, 우정의 균형은 자연스러운 오르내림 위에서 평형을 유지할 수 있었다.

"토요일에 뭐 해?"

정이가 후루루룩 소리를 내며 복숭아 아이스티를 마시다가 불쑥 물었다.

"글쎄?"

나머지 셋이 동시에 대답했다. 아이들은 학교 도서실 책상에 나란히 모여 앉아 영어 문제집을 풀고 있었다. 실은 다들 문제집을 푸는 시늉만 하고 있었지만.

때는 8월 초. 무더위가 한창 기승을 부리는 여름방학이었지만 오동 고등학교 학생 중에는 집 대신 학교에서 시간을 보내는 아이들이 많았다. 서울 아이들은 방학이건 학기 중이건 간에 일분일초라도 빨리 학교에서 도망치고 싶겠지만 오동면에는 일 년 내내 붙박이로 지내는 아이들도 많았다. 학교를 너무 좋아해서라기보다는 동네에 학교 말고는 딱히 아이들끼리 갈 곳이 없어서였다.

서울 아이들은 방학에도 갖가지 학원을 오가느라 눈코 뜰 새 없이 바쁘지만 오동면에는 학원이 단 한 곳뿐이었다. 작년까지는 그래도 두 군데 있었는데 그중 하나가 작년 말에 문을 닫았다. 고등학교 전교생이 고작 123명, 중학교는 80여 명 뿐이고 수능 시험을 치르는 3학년은 다 합쳐 봐야 40명 남짓인 데다 그마저 해마다 줄어드는 실정이니 어쩔 수 없는 일이었다.

네 아이들은 일주일에 사흘은 다 같이 학원에 가고, 가지 않는 날에는 학교 도서실에 모여서 자습을 했다. 가끔 한 아이네 집에 모일 때도 있지만 한여름에 비좁은 집안에서 넷이 붙어 앉아 있으면 더워서 죽을 것만 같았다. 에어컨을 아이들 맘대로 틀었다가는 전기요금 내는 날에 엄마한테 혼쭐이 날 것이 뻔했다. 다른 아이들도 사정은 엇비슷해 학교 뒤 관사에 사는 선생님들은 방학 중에 자습을 하고 싶어 하는 아이들이 있으면 서슴없이 도서실 문을 열어 주었다.

학교는 에어컨 온도를 28도 아래로 낮출 수 없도록 정해져 있었다. 에어컨 없는 집보다야 낫지만 오늘은 워낙 폭염이라 좀처럼 시원해지지 않았다. 영진은 손수건으로 땀방울이 송송 맺힌 이마를 닦아 내며 정이에게 되물었다.

"토요일은 왜?"

"다들 약속 없으면 서울에 놀러 가자고."

더위가 싫고 공부도 싫어서 시들시들한 회색빛이 되어 가던 아이들의 얼굴이 대번 밝아졌다. 오동면 아이들은 서울 아이들만큼 입시 공부에 목숨을 걸지는 않았다. 부모가 아이를 대학에 보내려면 돈이 든다. 입학금, 등록금, 교통비, 교재비, 밥값, 대학생으로서 사회생활을 유지하기 위한 각종 지출까지 합치면 집안 기둥뿌리가 흔들린다. 게다가 오동면처럼 시골에 사는 아이들은 대한민국 어느 곳에 있는 대학에 가더라도 무조건 고향을 떠나야만 하니까 자취 비용도 따라붙는다. 원룸 보증금과 월세는 등록금만큼이나 큰 부담이다. 그래서 오동면에는 처음부터 돈이 덜 드는 2년제 대학을 목표로 하거나 아예 대학에 가지 않는 아이들도 적잖았다. 어른들은 말로는 아이들에게 공부하라고 하지만 정말로 자기 자식들이 좋은 대학에 들어갈 수 있을 거라는 기대는 하지 않았다. 무슨 수를 써서라도 아이들을 서울에 있는 좋은 대학에 보내고 싶고 그런 마음을 먹을 수 있을 만큼 경제적 여유가 있는 어른들은 이미 아이들의 삼촌과 고모 세대 즈음에 오동면을 떠났다.

아이들은 다 함께 문제집을 덮어 버리고 서울로 놀러 갈 계획을 세우기 시작했다. 토요일까지는 아직 나흘이나 남았지만 서울은 칠동면처럼 학교 마치고 훌쩍 다녀올 수 있는 곳이 아니었다. 충실한 사전 계획이 필요했다. 아이들은 일사불란하게 스마트폰을 집어 들었다.

"와, 이 파스타집 홍대 앞에 있는데, 사람들 줄 서고 난리래."

"얼만데?"

"런치 메뉴가 12000원."

"미친. 뭐 그렇게 비싸? 역시 서울이다."

"그래도 양은 많이 준다는데."

넷은 열심히 서울의 맛집들을 분석했다. 진지한 태도로 인스타그램을 비롯한 각종 SNS를 교차 검색하던 민서가 말했다.

"여기가 연리단길에서 요즘 제일 핫한 카페래."

민서가 찾아낸 곳은 올해 초 서울 연남동 골목길에 새로 문을 열었다는 카페였다. 아이들은 머리를 맞대고 수만 명이 넘는 팔로워를 거느린 인스타그래머가 올린 카페 사진을 구경했다.

"우와. 좋아요가 천 개 넘어."

정이가 감탄했다. 나혜도 눈을 동그랗게 뜨며 감탄했다.

"여기 분위기 완전 특이하다."

확실히 그 카페는 뭔가 달랐다. 거친 콘크리트 벽면에 자유분방하게 걸린 네온 조명과 예쁜 동물 그림이 담긴 액자들, 꼭 칵테일처럼 보이는 화려한 색의 음료수하며. 카페라기보다는 가 본 적 없는 외국에 있는 술집처럼 멋있어 보였다. 영진은 땀 때문에 자꾸만 아래로 미끄러지는 안경을 검지로 추어올리며 지적했다.

"연리단길에 있는 맛집들은 엄청 비싸지 않아?"

"안 그래도 지금 가격대 알아보고 있어. 아이스 아메리카노 5500원, 여기서 제일 유명한 라임 베리 유자 에이드는 7000원이래."

"와 씨. 개비싸."

정이는 서울 물가에 혀를 내두르면서도 신이 났다. 민서는 카페 관련 해시태그들을 하나하나 눌러 보면서 말했다.

"여기 진짜 유명한 곳인가 봐. 연예인들도 막 가네. 내가 좋아하는 아이돌도 다녀왔어."

민서는 벌써 카페에 마음을 빼앗겼다. 나혜가 말했다.

"그럼 우리 점심은 맥도날드에서 먹고 돈 아껴서 저 카페 갈래? 연리단길 홍대에서 가깝잖아. 홍대 앞 다이소도 들르고, 라인 스토어도 구경하면 되겠다."

"맥날 좋아! 나는 베토디 먹을래!"

이미 마음은 홍대 입구로 달려간 정이가 외쳤다. 영진은 혀를 끌끌 찼다.

"베이컨 토마토 디럭스는 맥 올데이 할인 안 될 걸."

"그럼 더블 불고기 버거 먹을래!"

"그것도 안 돼. 그냥 빅맥 먹어, 빅맥."

"좋아, 빅맥!"

"넌 그냥 맥도날드면 다 좋지?"

아이들의 마음에서 공부는 훨훨 날아갔다. 모두 토요일에 어떤 옷을 입고 서울에 놀러 갈까 생각하면서 한껏 신이 났다.

토요일 아침 8시 반, 아이들은 버스 정거장 앞에 모였다. 서울행 버스는 8시 45분에 도착할 예정이었다. 아이들은 새벽같이 일어나 서울 나들이 갈 준비를 한 터였다. 모두 제일 예쁜 옷을 차려입고 열심히 화장을 하고 나왔다.

"아 씨. 파데가 없어. 깜박했나 봐."

정이가 가방에 손을 집어넣고 휘저으며 소리 질렀다. 나혜는 손거울을 들여다보며 입술 밖으로 번진 립글로스 자국을 손끝으로 지우며 말했다.

"내 거 빌려줄게. 지금 집에 다녀오면 9시 20분 차 타야 돼."

"오늘 비는 안 오겠지?"

초강력 선크림을 꼼꼼하게 발라 얼굴색이 두 배는 희어진 민서가 하늘을 올려다보며 중얼거렸다. 아직 이른 아침인데도 햇볕에 뒷덜미가 뜨겁게 익어 가는 느낌에 영진이는 틀어 올려 묶었던 머리채를 도로 풀어 내렸다. 오동면 하늘에는 조각구름 두어 점이 떠 있을 뿐 쨍쨍했지만 날씨 앱에 의하면 오늘 오후 서울 서교동 지역의 강수 확률은 50퍼센트 정도라고 했다. 혹시나 하는 마음에 다들 우산을 챙겨 들고 나왔다. 오동면에서 서울까지는 버스로 두 시간 정도 걸렸다. 왕복 네 시간이 넘는 당일치기 여행으로 어른들도 큰맘 먹고 다녀오는 서울이니만큼 칠동면 다녀오듯 가벼운 마음으로 출발할 수는 없는 노릇이었다. 패스트푸드점, 화장품 로드숍, 드럭스토어, 옷 가게와 액세서리 가게, 근사한 카페까지. 그동안 서울에서 하고 싶었던 일들을 다 해치우고 오려면 하루가 모자랐다.

서울행 버스가 정거장에 들어왔다. 아이들은 버스에 앉아 끊임없이 거울과 스마트폰을 들여다보며 뒷자리 아줌마에게 한 소리들을 때까지 수다를 떨었다. 10시를 넘겨 동서울 터미널에 도착한 아이들은 배가 몹시 고팠다. 터미널 근처에는 롯데리아뿐이었다. 모처럼 서울까지 올라온 마당에 칠동면에도 있는 롯데리아에 굳이 갈 필요는 없다는 데 의견을 모은 아이들은 배고픔을 꾹 참고 목적지로 향했다.

아이들이 홍대입구역에 도착했을 때는 이미 정오 즈음이었다. 전국과 전 세계에서 모여든 사람들로 발 디딜 틈 없이 붐비는 홍대 앞 거리에서 아이들은 일단 기념 셀카부터 찍고 부지런히 맥도날드로 향했다. 맥도날드 키오스크 앞에는 줄이 엄청났다. 한참 기다린 끝에 간신히 2인용 테이블에 비집고 앉아 맥 올데이 세트를 먹었다. 올리브영과 다이소, 라인 스토어를 차례로 구경한 아이들은 민서가 찾아낸 카페가 있는 연남동 골목으로 향했다.

강수 확률 50퍼센트라던 서울 하늘은 오동면 하늘과 다를 바 없이 새파랬다. 아이들은 올리브영에서 받은 플라스틱 부채를 흔들며 열심히 걸었다.

"미친, 개덥다."

"진짜. 지금 35도래."

"서울은 왜 우리 동네보다 훨씬 더운 것 같지? 사람이 너무 많아서 그런가?"

"빌딩이 많아서 그런 걸지도 몰라. 높은 건물이 많으면 열섬 현상이라는 게 일어난대."

입으로는 불평하면서도 아이들의 눈은 골목골목 자리 잡은 예쁜 가게들에 못 박혔다. 가게에 한 번씩 들어가 보고, 파는 물건들의 가격표를 확인하고는 기겁을 하고, 셀카를 찍고 소리 지르고 웃으며 걸어가느라 지도 어플이 알려 준 시간의 두 배가 걸렸다.

"저기인가 봐."

민서가 저만치 앞에 선 건물을 가리켰다. 영진이 앱을 보며 되물었다.

"저기 사람들 줄 선 데 말이지?"

낡은 상가 건물 1층에 자리 잡은 카페 앞에는 줄잡아 열 명은 넘는 사람들이 기다리고 있었다. 정이가 냉큼 달려가 줄을 섰다. 지친 얼굴을 한 카페 직원이 밖으로 나와 줄 선 사람들에게 미리 주문을 받고 있었다. 민서가 벌써 이틀 전에 다 같이 상의해서 정해 둔 메뉴를 주문했다. 아이스 아메리카노 둘, 아이스 라테 하나, 그리고 이 카페의 대표 메뉴인 라임 베리 유자 에이드.

"죄송합니다. 라임 베리 유자 에이드는 재료가 다 떨어졌어요."

직원이 일자로 그린 눈썹을 팔자로 좁히며 사과했다. 아이들은 실망스러웠지만 어쩔 수 없었다. 대신 자몽 에이드를 주문하고 땡볕 아래에서 30분 정도 기다린 끝에 드디어 자리가 났다. 밖에서 본 것보다 훨씬 넓은 가게 안에는 손님들이 가득했다.

"우와, 여기 무슨 공장 같다."

정이가 카페 안을 돌아보며 말했다. 정이 말대로 카페는 공장이

나 창고처럼 생겼다. 천정에는 전깃줄과 파이프관이 그대로 드러나 있고, 쓸어 보면 손바닥이 까질 듯 거칠거칠한 콘크리트 벽에는 크고 작은 그림 액자들이 걸려 있었다. 테이블과 의자는 각각 모양이 달랐다. 묵직한 통유리가 덮인 커다란 사장님 테이블이 있는가 하면 잘사는 집 응접실에 놓일 법한 둥그렇고 중후한 협탁도 있고, 낡아빠진 나무 의자가 있는가 하면 몹시 푹신해 보이는 가죽 소파와 세련된 디자인의 플라스틱 의자도 있었다. 아이들이 안내받은 자리는 너무 작고 낮아 넷이 같이 쓰기에는 좀 불편해 보이는 목재 테이블이었다.

"어, 이거 사과 상자 아냐?"

운동화 속에 들어간 돌멩이를 빼내려 허리를 숙였던 영진은 테이블 옆면에 쓰인 'APPLE'이라는 알파벳을 발견하고 말했다. 아이들이 앉은 테이블은 두툼한 나무 널빤지로 만들어진 외국제 사과 상자 네 개를 뒤집어 테트리스 게임처럼 끼워 맞추어 만든 물건이었다.

"뭐야 이거, 재활용이잖아."

아이들은 열심히 사진과 셀카를 찍으며 수다를 떨었다. 한참 기다리자 직원이 예쁜 유리잔에 담긴 음료수를 가져다주었다. 네 사람 몫의 음료수를 올려놓으니 작은 테이블이 가득 찼다. 무더위에 지친 아이들은 두세 모금 만에 음료수의 절반을 빨아들이고 한숨을 쉬었다. 편히 늘어져 쉬고 싶었지만 의자의 등받이는 너무 딱

딱하고 테이블에는 발을 집어넣을 공간이 없어서 벌서는 것처럼 바른 자세로 앉아 있어야 했다. 술 취한 아저씨가 부르는 것 같은 외국 음악이 흐르는 가운데 아이들은 주위를 두리번거리며 이야기를 나누었다.

"이 컵이랑 똑같은 거, 우리 집에도 있는데."

나혜는 유리잔을 들고 이리저리 살펴보며 말했다. 집에서 쓰는 평범한 컵이 이런 잘나가는 카페에서도 쓰일 줄이야. 민서는 건너편 벽에 걸린 커다란 액자를 가리키며 아는 척했다.

"저 사진 우리 집에 있는 옛날 잡지에서 봤어. 엄청 유명한 영화 포스터야."

정이도 질세라 카페 기둥 위에 매달린 낡은 철제 선풍기를 가리키며 아는 척했다.

"저 선풍기는 우리 할머니 방에 있는 거랑 똑같다. 그나저나 에어컨도 빵빵하게 나오는데 선풍기는 뭐 하러 달아 놓은 거야?"

"인테리어 소품인가 봐."

"그나저나 여기 너무 비싸다. 양도 적은데."

영진이 불평하자 민서는 어깨를 움츠리며 변명했다. 자기가 추천한 카페라서 그런지 마치 자기가 욕 먹는 듯한 기분이 들었다.

"여기가 요즘 젤 잘나가는 카페야."

"누가 아니래. 그냥 비싸다고 팩트를 말한 것뿐이야."

"서울이니까 어쩔 수 없지. 물가도 비싸고 땅값도 비싸니까."

나혜가 민서 편을 들어 주었다. 그 말이 맞았다. 여기는 서울이니까. 뭐든 화려하고 대단하지만 그만큼 비싼 값을 치러야 하는 곳. 아이들은 어쩐지 허탈해져서 불평하기를 그만두었다. 처음 카페에 왔을 때의 들뜬 기분은 어디 갔는지 이제는 졸리기까지 했다. 꼭두새벽부터 움직였으니 제아무리 기운이 남아도는 아이들이라 해도 피곤할 수밖에 없었다. 여름 해는 아직 중천이지만 네 명은 슬슬 강변역 시외버스 터미널로 돌아가야만 했다. 느지막이 일어나 버스나 지하철을 타고 훌쩍 놀러 올 수 있는 서울 아이들과는 입장이 달랐다.

서울의 멋진 카페도, 맥도날드의 신상 버거도 마찬가지다. 막상 가 보면 기대하고 상상했던 것에 못 미쳤다. 찾아가는 길이 너무 멀어서일까? 하지만 집에 돌아가면 분명히 다시 가고 싶어 안달이 날 게 빤했다. 실제로는 별것도 아닌데 지나치게 먼 거리 때문에 괜스레 간절하게 느껴지는 것이다. 거리감은 환상을 부추긴다. 아무도 가 본 적 없는 우주 저편 어딘가에는 지구인보다 훨씬 우월한 문명을 건설한 외계인이 살고 있을 거라는 믿음처럼. 그런 환상은 가슴을 뛰게 만들지만 한편으로 불공평했다.

지친 아이들은 멍하니 창밖을 바라보았다. 밖에는 여전히 많은 사람들이 땡볕 아래 줄을 서 있었다. 카페 안팎을 가득 메운 손님들과 직원들은 하나같이 날씬하고 키도 크고, 특이하면서도 있어 보이게 잘 차려입은 어른들뿐이었다. 그들의 얼굴은 초조함이나 짜증스러운 기색 없이 여유로웠다. 6000원이나 하는 커피를 아무렇지 않게 사 마시고 SNS에 인증 사진을 올린 뒤 금방 잊어버리고 다른 카페로 철새처럼 옮겨 가는 사람들. 오직 카페에 가기 위해 꼭두새벽에 일어나 두 시간 동안 시외버스를 타고 찾아온 끝에 느끼는 허망함 같은 건 영영 모를 서울 사람들.

어쨌거나 이 카페는 서울에서도 잘나가는 곳이라는 건 틀림없는 사실이었다. 이런 곳의 근사함을 이해하지 못하고 불평하는 것 자체가 촌구석에서 온 코흘리개들이라는 사실을 실토하는 듯한 기분이 들어 아이들은 입을 다물기로 했다.

"그냥 우리가 각자 집에 있는 물건 가지고 와서 카페 차려도 되겠네."

영진이 심드렁하게 중얼거렸다. 컵 안에 남은 얼음을 씹으며 허기를 달래던 정이가 맞장구쳤다.

"그러게. 저기 있는 가죽 소파 울 할아버지 방에 있는 거랑 존똑이다."

"컵은 집에서 하나씩 가져오자."

"커피는 그냥 믹스커피로 만들어?"

"뭐 어때. 난 믹스도 맛있기만 하더라. 디저트는 나혜가 만들면 되겠다. 지난번에 나혜가 만들어 준 건포도 머핀 대박 맛있었어."

"내가 커피 만들면 최대한 넉넉하게 많이 줄 거야. 얼음은 적게, 양은 많이."

신나게 이야기하던 정이가 별안간 맞다, 하고 외치더니 빠르게 말했다.

"울 동네 위쪽에 빈 공장들 많이 있잖아? 거기가 딱 여기 같은 분위기 아냐?"

"우리 동네 빈 공장? 에이, 거기랑 이런 카페가 어떻게 같아?"

"아냐. 너 거기 자세히 들여다본 적 없지? 진짜 여기랑 똑같다니까."

정이는 황당해하는 영진을 열심히 설득했다. 가만 듣고 있던 나혜가 고개를 끄덕였다.

"나는 정이가 무슨 말 하는지 알 것 같아. 우리 아빠 공장이 그쪽에 있잖아. 확실히 여기하고 분위기가 비슷해."

민서가 미심쩍어하며 물었다.

"울 아빠도 공장에서 일해서 거기 가 본 적 있어. 그런데, 거기 막 들어가도 되나?"

"어차피 빈집인데 뭐 어때."

정이는 한층 기운을 얻어 제안했다.

"우리 거기 한번 가 볼까? 내일이나 모레. 어때?"

"가는 건 좋은데…… 가서 뭐 하게. 진짜 카페라도 차리려고?"

"까짓것 진짜 차리지 뭐. 어차피 장난인데."

그러게. 어차피 장난인데. 정이의 단순명쾌한 말이 아이들의 호기심을 부추겼다. 다 함께 동의의 표시로 고개를 끄덕였다.

우리끼리,
되는 대로

　다음 날은 새벽부터 굵은 빗줄기가 쏟아졌다. 오동면 사람들은 대문과 창문을 한껏 열고 초가을처럼 서늘한 밤바람에 휘감겨 오랜만에 깊이 잠들었다. 비에 씻긴 월요일 하늘은 구름 한 자락 없이 맑았다. 학원을 마치고 세븐일레븐에서 산 컵라면과 삼각김밥으로 점심을 때운 네 아이들은 오동면 북서쪽에 있는 오동산 자락에 자리 잡은 옛 공장 지역을 찾아갔다.

　4, 5층 높이의 건물들은 대부분 한때 공장으로 쓰였다. 오동면 인구가 지금의 두 배가 넘던 시절 우르르 들어선 공장들은 세월이 흐르며 하나둘 문을 닫았고 이제는 텅 빈 건물만 남아 있었다. 가끔 사무실 한두 칸만 빌려 쓰는 소규모 공장이 입주하기도 했지만 오래 가는 법은 없었다.

그 일대 남쪽 끄트머리에는 3학년 언니네 집에서 일구는 배추밭이 있고 배추밭 건너편에는 새 공장 지역이 자리 잡았다. 새 공장들에는 레고 블록처럼 화사한 색이 입혀져 있어 콘크리트로 지어진 옛 공장 지역과는 분위기가 판이했다.

아무도 없는 옛 공장 지역은 쥐 죽은 듯 고요했다. 비바람에 풍화되어 회청색 속살을 을씨년스럽게 드러낸 낡은 건물들은 역사책에 나오는 유적지처럼 보였다. 개중에는 간판이 붙어 있는 곳도 있었지만 지금은 전부 문을 닫은 모양새였다. 새 공장 지역이 조성되며 이곳에서 일하던 사람들은 전부 건너편으로 직장을 옮겼다.

아이들은 빈 공장 건물을 하나씩 들여다보았다. 건물 위층까지 올라가기는 귀찮으니까 1층만 둘러보기로 의견을 모았다. 어디건 전부 낡을 대로 낡았고 사람이 머문 흔적도 없었다. 가끔 고양이나 쥐들이 화장실로 쓰고 간 듯 코를 찌르는 냄새가 진동하는 곳도 있었다.

머릿속에 서울 연남동 카페의 풍경을 떠올리며 열심히 이곳 저곳 들여다보던 아이들은 배추밭 바로 앞길에 지어진 2층 건물 앞에 도착했다. 아이들은 목에 걸고 온 휴대용 선풍기를 서로의 얼굴에 대 주며 잠깐 쉬었다.

"간판이 있네."

영진이 건물 1층 사무실에 붙은 간판을 손가락질했다. 햇빛에 바래 푸르스름해진 간판에는 '호산나 코퍼레이션'이라는 이름이 쓰여 있었다. 출입구는 커다란 통유리가 끼워진 철제 미닫이문이 닫혀 있었다. 문 한가운데에 시트지로 붙여 놓은 회사 이름과 성경 구절을 프린트해 붙여 놓은 A4 용지도 햇볕에 허옇게 이지러지고 바스러져 있었다.

미닫이문에는 자물쇠가 걸려 있지 않았다. 정이가 옆으로 밀어 보자 어렵잖게 열렸다. 우선 조심스럽게 고개만 안으로 들이밀었다. 서늘하게 식은 공기가 뺨에 감겨 왔다. 기분이 좋아진 정이는 주저없이 안으로 발을 들여놓았다. 영진과 민서와 나혜가 정이를 뒤따라 들어왔다. 더위에 지쳐 얼굴이 반쪽이 된 영진이 감탄했다.

"오, 의외로 시원한데?"

나혜가 미닫이문을 끝까지 밀어 열었다. 어두운 공장 안에 햇볕이 차오르며 구석구석을 비추었다. 공장 안은 생각보다 훨씬 넓었다. 가구는 하나도 없고 군데군데 뜯겨져 나간 벽지에서 폐가 분위기가 물씬 풍겼다. 다행히 쥐똥이나 고양이 똥 냄새는 나지 않았다.

천정에는 긴 형광등 등갓이 여러 개 매달려 있었는데 가운데 등갓에는 전구가 들어 있었다. 초록색 바닥에는 은빛 금속 찌꺼기들이 모랫가루에 뒤섞여 흩어져 있었다. 비교적 최근까지 사람들이 일하다 간 것 같았다.

"우리 아빠 공장 보인다."

나혜가 열린 문 밖으로 보이는 너른 배추밭과 그 너머에 분필만

하게 보이는 새 공장 지역을 가리키며 반가워했다. 나혜네 아빠는 새 공장 지역에 생긴 큰 식자재 공장에서 일했다. 미닫이문 맞은편에는 방문처럼 생긴 문이 하나 더 나 있었다. 화장실이나 다른 방으로 이어지는 문인 줄 알았는데 밖으로 이어지는 뒷문이었다. 뒷문 옆에는 커다란 싱크대가 있었다. 민서는 싱크대의 수도꼭지를 돌려 보고 소리를 질렀다.

"으악, 완전 뻑뻑해."

정이가 소매를 걷어붙이며 민서 대신 수도꼭지를 돌렸다. 오랫동안 잠겨 있던 수도꼭지는 꿈쩍도 하지 않았다. 이를 앙다물고 팔목에 힘을 주는 정이를 보며 영진이 혀를 찼다.

"어차피 물도 안 나올 텐데 뭐 하러 힘 빼."

그 순간 수도꼭지에서 가느다란 물줄기가 졸졸 흘러나오기 시작했다. 정이는 득의만만한 표정으로 수도꼭지를 끝까지 열어젖혔다. 한동안 벌건 녹물만 나오다가 맑은 물이 콸콸 쏟아지기 시작했다. 지켜보던 영진은 문득 생각난 듯 벽에 달린 전등 스위치를 눌렀다. 그러자 한가운데에 유일하게 남은 전구에 불이 들어왔다.

"대-박."

민서는 타임머신을 타고 미래에 온 고대인처럼 감동에 차서 중얼거렸다. 정이는 수돗물에 손을 씻으며 소리쳤다.

"물도 나오고, 전기도 나오고. 여기다 카페 차리면 딱이겠다!"

영진이는 구석에 붙어 서서 공간 크기를 어림잡으며 말했다.

"이디야보다 더 넓어 보인다."

"여기에 의자도 가져다 놓고, 테이블도 가져다 놓자."

"우리 집에 안 쓰는 티테이블 있는데 그거 가져올까?"

"우리 집에 한 번도 안 쓴 밥상 있어."

"밥상은 높이가 너무 낮지 않나?"

"뭐 어때. 그냥 노는 건데."

아이들은 흥에 겨웠다. 물도 나오고 전기까지 들어오는 빈집이라니. 누군가가 아이들더러 마음대로 쓰라고 일부러 비워 둔 것 같았다.

당장은 너무 덥고 지쳤으니까 일단 집에 돌아가서 쉬었다가 5시 반에 다시 모이기로 약속하고 헤어진 아이들은 약속대로 집에 남아도는 의자와 밥상을 끌고 되돌아왔다. 정이는 인삼밭 한구석에서 햇볕에 삭아 가던 식탁용 의자를, 영진이는 접이식 철제 의자 두 개를, 민서는 작은방에 처박혀 있던 개다리소반을 가지고 왔다. 모두 진땀을 뻘뻘 흘리며 가져온 의자에 쓰러지듯 주저앉았다.

와중에 나혜는 두 손으로 커다란 접이식 티테이블을 들고 백팩을 짊어지고, 아이스팩을 넣어 열을 식히는 목 베개까지 두르고 왔다. 지친 티도 내지 않고 바지런히 테이블을 펼치고 짐을 풀었다. 나혜의 백팩에서는 머그컵 두 개와 유리컵 두 개, 플라스틱 빨대 열 개, 찬물에 잘 녹는 인스턴트 믹스 커피 네 봉지, 큰 생수 한 병과 일회용 지퍼 봉투에 가득 채운 얼음, 그리고 마지막으로 막

대 아이스크림 네 개가 나왔다.

"나혜 최고!"

아이들은 감동에 차서 나혜가 나누어 준 아이스크림을 먹었다. 어느새 시간은 초저녁이 되어 더위가 한풀 꺾이고 활짝 열어 둔 앞문과 뒷문으로 제법 미지근해진 바람이 불어 들었다. 그제는 말복이었다. 말복이 지나면 해가 짧아지고 더위도 기세가 꺾인다는 어른들의 말을 떠올리며 입에 아이스크림을 물고 의자에 늘어졌다. 천국 같았다.

"영진이가 가져온 의자 말이야. 어제 그 카페에 있던 의자랑 정말 똑같아. 그치?"

제일 먼저 아이스크림을 먹어치운 정이가 앉아 있던 철제 의자를 두드리며 영진을 칭찬했다.

"맞아. 완전 비슷해."

나혜도 민서도 동의하자 영진은 내심 기뻤다. 괜히 욕심을 부려 의자를 두 개나 들고 나오는 바람에 너무 힘들어서 중간에 버릴까 고민했기 때문이었다. 영진은 흡족한 마음을 숨기고 짐짓 점잖은 태도로 친구들에게 칭찬을 되돌려 주었다.

"정이 의자도 보기보다 편하다. 나혜가 가져온 테이블도 여기 놓기 딱 좋아."

한편 민서는 가져온 개다리소반이 너무 작은 탓에 별 쓸모가 없을 것 같아서 의기소침해 있었다. 민서가 갓난아기였을 적부터 쭉 집에 있던 소나무 개다리소반은 한 번도 쓰지 않아 반지르르한 윤기를 그대로 간직하고 있었다.

"우리집 밥상…… 엄마가 비싼 거라고 그랬는데."

나혜는 민서의 혼잣말을 놓치지 않았다.

"민서네 밥상도 은근 귀여워."

"맞아. 그리고 새것이잖아. 반짝반짝한 거 봐."

"그나저나 얼음 녹기 전에 얼른 먹어야겠다."

영진이 물방울이 뚝뚝 흐르는 지퍼백을 가리켰다. 아이들은 부랴부랴 컵에 얼음을 채우고 생수를 붓고, 믹스커피 한 봉지를 넣고 빨대로 휘휘 저었다.

"이게 생각보다 잘 안 녹네."

나혜는 컵 바닥에 들러붙은 가루를 보며 아쉬워했다. 포장지에는 찬물에도 잘 녹는다고 쓰여 있었지만 생각만큼 잘 되지 않았다. 정이가 빨대를 휘휘 저으며 말했다.

"그거 있으면 좋겠다. 카페에서 이럴 때 쓰는 기다란 거 말야. 뭐였지? 젓가락은 아니고, 세 글자였는데……."

"설마 머들러 말하는 거야?"

어이없어하며 묻는 민서를 보며 정이는 고개를 힘차게 끄덕였다. 민서는 정이 덕분에 떠오른 것이 있어 말했다.

"내가 가져올게. 우리 집에 스벅 한정 머들러 있거든. 코스터도 가져올까? 한 번도 안 쓴 거 있는데."

영진이 제안했다.

"앞으로 우리 회비 걷는 건 어때? 먹을 걸 계속 한 명이 맡아서 가져오는 건 좀 아니잖아."

아이들은 군말 없이 고개를 끄덕였다. 오늘은 집에 가는 길에 편의점에 들러 나혜에게 감사의 표시로 과자를 사 주기로 하고 다음부터는 만 원씩 회비를 걷기로 정했다.

"그러면…… 이제부터 여기는 우리 아지트가 되는 셈인가?"

나혜는 어쩐지 조심스러운 기분으로 말했다. 아이들도 서로의 눈치를 보며 대답했다.

"그런 듯."

어떠한 공간에 개인의 소유물을 가져다 두는 행위는 법적으로 공간의 점유권을 주장하기 위한 기본 조건이었다. 물론 아이들은 그런 사실은 전혀 모르는 채 아주 어릴 적부터 동네 친구들과 소꿉놀이를 하며 자연스럽게 얻은 감각으로 빈 공장을 자기들만의 아지트로 삼은 것뿐이었다.

"우리 카페 이름 정하자, 이름."

정이가 제안했다. 무엇이든 일단 이름을 붙여야 비로소 낯이 익고 특별해지는 법이었다. 아이들은 머리를 맞대고 카페 이름을 생각했다. 좋아하는 아이돌 이름, 귀여운 동물 이름, 먹거리 이름 등 각양각색의 후보안이 나왔지만 좀처럼 만장일치가 이루어지지 않았다.

"이러다 밤새겠다."

영진이 붉게 물들어 가는 하늘을 바라보며 한숨을 쉬었다. 정이는 아이스크림 나무 막대를 앞니로 질겅질겅 씹다가 불쑥 말했다.

"아 씨, 머리 아파. 그냥 공장이라고 하자."

"공장?"

"여기가 원래 공장이잖아. 그러니까 우리 카페도 그냥 공장 카페라고 하면 어때?"

"너무 단순한 거 아냐?"

영진은 어이없어했지만 민서는 진지하게 동의했다.

"나는 괜찮은 거 같아. 그런데 공장 카페보다는 '카페 공장'이라고 하면 어때?"

"거봐, 민서도 좋다잖아."

정이가 민서의 어깨를 와락 껴안으며 말했다. 실은 슬슬 배가 고파 대충 마무리 짓고 집에 가고 싶어진 참이었다.

"그럼 민서 말대로 '카페 공장'으로 할까? 찬성하는 사람은 손들기."

영진이 5년 경력의 학급 임원다운 태도로 되묻자 아이들은 너나 할 것 없이 손을 번쩍번쩍 치켜들었다. 카페 공장의 비공식 개점일이었다.

다음 날 아이들은 회비를 만 원씩 걷었다. 돈 계산은 영진이 맡기로 했다. 아이들은 오동면에서 제일 큰 슈퍼인 하나로마트에서 찬물에 녹는 믹스커피 한 박스와 생수 한 병, 조각 얼음 한 봉지, 설거지용 스펀지와 주방세제, 그리고 과자를 조금 샀다.

"우리 우유 사서 카페 라테도 해 먹자."

정이가 의견을 냈다. 정이는 우유를 듬뿍 넣은 카페 라테를 좋아 해서 어릴 때부터 집에서 자주 만들어 마시고 집안 어른들에게도 만들어 드렸다. 오늘 정이는 2리터들이 플라스틱 물통을 챙겨 온 참 이었다. 먹거리 쇼핑을 마친 아이들은 카페 공장으로 향했다. 의자 도 테이블도 어제 놓고 간 그 자리에서 아이들을 기다리고 있었다.

"오늘은 내가 아이스 카페 라테 만들어 줄게!"

정이는 가방에서 플라스틱 물통을 꺼내 들며 선언했다. 나혜가 잽싸게 머그컵을 씻어 왔다. 물통에 생수를 조금 붓고 믹스커피를 넣어 아래위로 열심히 흔든 다음 얼음을 통의 절반까지 채운 뒤 우유를 적당히 붓고 마지막으로 한 번 더 세차게 흔들어 아이스 카페 라테를 완성했다. 얼음처럼 차갑고 달콤한 카페 라테는 세상 그 무엇보다 맛있었다.

"정말 맛있다."

"유정 제법인데?"

쏟아지는 칭찬 속에 정이의 어깨가 으쓱거렸다. 민서는 조금 부 루퉁해졌다.

"그런 식으로 만들면 머들러는 쓸 필요 없겠네."

정이는 민서의 머들러를 집어 들더니 카페 라테가 반쯤 남은 나혜의 컵에 쏙 집어넣고서 진지하게 말했다.

"아니야. 필요하지. 이거 봐. 있어 보이잖아?"

'있어 보이는 것'. 그것은 카페에서 꼭 필요한 요소였다. 귀여운 갈색 곰 캐릭터 모양 코스터 위에 반짝이는 머들러를 꽂은 유리잔을 올려놓으니 스타벅스 같은 카페에서 파는 카페 라테처럼 근사하게 보였다. 얼마 지나지 않아 얼음이 녹으며 카페 라테가 묽어지기 시작했다. 나혜는 마른행주로 테이블에 고인 물을 훔쳐 내며 혀를 찼다.

"냉장고가 있으면 좋겠는데."

"선풍기도 있으면 좋겠고."

"가스레인지랑 전자레인지도 있으면 좋겠네."

"야, 여기가 무슨 호텔이야?"

아이들은 배를 잡고 웃었다. 하지만 정말로 그런 세간살이까지 다 갖추면 얼마나 좋을까? 집에 돌아갈 마음도 들지 않을 텐데. 허름하고 어설프지만 누구의 간섭도 받지 않는 공간은 아이들의 마음을 사로잡고 있었다.

"어디서 놀다 이제 기어들어 와!"

석양을 등지고 대문으로 들어오는 정이를 향해 엄마가 눈을 부릅뜨며 소리 질렀다. 정이는 책가방을 현관에 팽개치며 미리 준비해 놓은 거짓말을 했다.

"나 영어 공부하다가 온 거야."

"공부? 누구랑?"

"영진이랑!"

엄마가 내일은 해가 서쪽에서 뜨겠다는 표정으로 정이를 바라보며 입을 다물었다. 마을 최고 우등생 영진이는 어른들의 추궁을 해결해 주는 만능 해결사였다. 엄마가 또 캐묻기 전에 정이는 잽싸게 마당으로 돌아 나갔다. 너른 마당 한켠에는 정이가 초등학교 5학년일 때 아빠랑 작은아빠가 지어 놓은 간이 창고가 있었다. 창고에는 매일 내어다 쓰는 물건들과 온갖 고물들이 뒤섞여 있었는데 그 틈에 낡은 소형 냉장고가 하나 끼어 있던 걸 정이는 분명히 기억하고 있었다.

창고 안을 둘러보았지만 냉장고의 하얗고 네모진 몸체는 좀처럼 눈에 들어오지 않았다. 정이는 집 안으로 뛰어 들어가 엄마에게 캐물었다.

"엄마! 마당 창고에 있던 냉장고 어디 갔어?"

"뭐어?"

위이이잉. 엄마의 목소리가 전기 진동음에 지워졌다. 엄마는 한 손에 TV 리모컨을 쥐고 거대한 안마 의자에 푹 파묻힌 채 막 시작한 드라마에 빠져들어 듣는 둥 마는 둥이었다. 엄마 옆에는 작은엄마가, 그 옆에는 할머니가 나란히 안마 의자에 온몸을 맡기고 있었다. 정이네 집 거실에는 똑같은 안마 의자 세 대가 놓여 있었다.

한 대에 수백만 원이나 하는 최신형 안마 의자는 최근 정이네 할아버지의 마음에 든 '몸에 좋은 물건'이었다. 할아버지는 몸에 좋은 거라면 돈을 아끼지 않았다. 천 원짜리 시장표 양말은 닳고 닳아 뒤꿈치가 투명해질 때까지 신어도 자동차만큼은 벤츠에서 나온 비싼 세단을 모는 식이었다. 자동차는 사람의 목숨을 지키는 중요한 물건이니까. 그러한 논리에 따라 할아버지는 집 지키는 개에도 돈을 아끼지 않았다. 정이네 마당에는 송아지만 한 알래스칸 맬러뮤트가 쇠사슬에 묶여 있는데, 강아지를 사 오며 받은 혈통 보증서는 할머니 방의 낡은 문갑 어딘가에 해묵은 예금통장들과 함께 굴러다니고 있었다. 할아버지는 순종 블랙탄 진돗개와 래브라도 레트리버도 기른 적이 있는데 전부 개도둑이 훔쳐갔다. 담벼락에 CCTV를 달고 나서야 개도둑은 나타나지 않았다.

"창고에 작은 냉장고 하나 있었잖아? 내가 분명히 봤다고."

정이는 안마 의자 세 대에서 뿜어져 나오는 소음을 이겨 내려고 목청껏 외쳤다.

"몰라. 현이한테 물어봐."

엄마는 귀찮아했다. 어른들은 1년 중 농사일이 가장 바쁜 한여름을 막 넘기고 비로소 한숨 돌리는 때였다. 정이는 2층으로 뛰어 올라가 오빠 현이의 방문을 발로 뻥 차고 들어갔다.

"유똘! 냉장고 어딨어?"

현이는 속옷 바람으로 컴퓨터 책상 앞에 앉아 무언가 수상쩍은 형상이 넘실거리는 동영상을 들여다보고 있다가 황급히 인터넷 창을 끄며 성질을 부렸다.

"이게 어딜 맘대로 들어오고 지랄이야!"

정이는 지지 않고 발을 쿵쿵 구르며 더 큰 소리로 고함질렀다.

"마당 창고에 있던 냉장고 어디 있냐고!"

"내가 그딴 걸 어떻게 알아?"

오빠는 짜증을 내며 정이를 방에서 내쫓았다. 다행히 작은엄마가 냉장고의 행방을 알려주었다. 냉장고는 뜬금없게도 인삼밭에 있는 농기구 창고용 비닐하우스에 있었다. 냉장고를 살펴보니 망가진 것 같지는 않았다. 때마침 옆에 흙과 비료 포대를 실어 나르는 철제 손수레가 있었다. 수레에 냉장고를 싣고 나르면 딱 좋을 것 같았다. 정이는 소매를 걷어붙이고 냉장고를 들어 올려 보았다.

"흐악!"

허리가 지끈 울리더니 무릎이 부들부들 떨렸다. 냉장고를 수레에 싣기는커녕 땅바닥에서 한 뼘 이상 들어 올릴 수도 없었다. 정이의 가슴 속에서 빠르게 자신감이 사라져 갔다.

다음 날 늦은 오후. 영진이와 나혜, 민서는 카페에서 정이를 기다리고 있었다. 무언가를 빼먹고 올지언정 약속시간에 늦는 법은 없는 정이가 벌써 30분 넘게 오지 않아서 모두 의아했다.

"정이 카톡 왔어. 이제 다 왔다는데?"

영진의 말을 들은 나혜가 카페 밖에 나가 보았다. 오솔길 저편에서 승용차 한 대가 흙먼지를 뿜으며 달려오더니 카페 바로 앞길에 멈추어 섰다. 불만스러운 표정을 한 젊은 남자가 입에서 희뿌연 전자담배 수증기를 뿜어내며 운전석에 앉아 있었다. 뒤따라 나온 영진은 남자의 얼굴을 알아보고 소리쳤다.

"어? 정이네 오빠다."

이윽고 정이가 조수석에서 뛰어내리더니 뒷좌석에 싣고 온 냉장고를 꺼내려고 끙끙거렸다. 아이들은 황급히 정이를 도와 냉장고를 카페 안으로 날랐다. 현이는 냉장고 옮기는 것을 도와줄 생각도 없이 담배를 피우며 스마트폰만 보다가 차를 몰고 가 버렸다. 어지간히 오기 싫었는데 정이 성화 때문에 억지로 끌려 온 것 같았다.

"대박, 웬 냉장고?"

아이들은 흐르는 땀을 손등으로 닦으며 물었다. 정이는 자랑스레 대답했다.

"집에서 안 쓰는 거 가져왔어. 카페에 냉장고 있으면 얼음도 넣을 수 있고, 먹다 남은 커피도 보관할 수 있고, 여러 모로 좋잖아?"

"이거 작동은 잘 돼?"

"작동? 아직 확인 안 해 봤어."

영진은 혀를 차며 냉장고에 전원을 넣어 보았다. 다행히 냉장고는 잘 작동했다. 지저분한 안팎을 주방세제와 수세미로 박박 닦아 놓자 새 냉장고 같아졌다.

"아직 조금 휑하다."

"그러게. 우리 넷만 있어서 그런가? 은근 넓은 것 같아, 여기."

테이블과 의자, 컵과 코스터, 선풍기에 냉장고까지. 세간살이를 얼추 갖춘 카페 공장은 아무것도 없던 처음에 비하면 제법 그럴싸해졌지만 여전히 어딘가 허전했다. 확실히 진짜 카페들은 아무리 손님이 없다한들 이렇게까지 허전해 보이지는 않는다. 비어 있는 공간을 처음부터 차곡차곡 채워 넣는다는 건 생각보다 녹록지 않은 일이라는 것을, 부모님 집의 작은 방에서만 살아온 아이들은 처음으로 깨달았다.

오늘따라 민서는 짐이 많았다. 오른쪽 어깨에는 커다란 장바구니를, 왼쪽 어깨에는 검은색 플라스틱 화구통을 메고 왔다. 민서는 화구통에서 돌돌 말린 포스터 여러 장을 꺼냈다. 영화 포스터들이 대부분이었는데 간혹 미술 전시회나 영화 축제 포스터도 끼어 있었다. 전부 민서네 집 작은방에서 가져온 것들이었다. 민서네 집에는 아빠가 장가올 때 서울에서 짊어지고 온 영화 잡지들과 포스터, CD와 레코드판이 넘쳤다. 그 낡아빠진 물건들은 볕이 잘 들지 않는 작은방에서 오랫동안 케케묵은 먼지를 뒤집어쓰고 있었다.

"포스터는 뭐 하게?"

"뭐 하긴. 벽에 붙여야지."

민서는 검은 코트를 입은 천사가 우울한 표정으로 건물 끄트머리에 서 있는 흑백 포스터를 펼쳐 찝찝한 갈색 얼룩이 묻은 벽 위에 붙였다. 얼룩을 가린 것만으로 훨씬 보기 좋아졌다. 민서와 아이들은 계속해서 포스터를 꺼내 다른 쪽 벽에도 붙여 나갔다. 첫 번째 포스터가 어두운 분위기라서 다른 포스터는 화려한 색으로 골랐다. 색종이를 찢어 붙인 듯 알록달록한 배경에 배우들의 사진이 인쇄된 포스터에는 〈Chungking Express〉라는 영어 제목이 쓰여 있었다.

"이건 다 무슨 영화야?"

나혜는 진지한 표정으로 포스터들을 들여다보며 민서에게 물었다.

"저기 까만 건 유럽 영화고 이건 홍콩 영화. 울 아빠 최애작들이야. 초딩 때 툭하면 불러다 앉혀 놓고 DVD 틀어서 보여 줬어."

"재미있어?"

영진이 묻자 민서는 정색을 했다.

"더럽게 재미없어. 둘 다 보다가 잤어."

민서는 드라마 볼 시간이니 영화 끄라며 아빠를 구박하는 엄마를 떠올렸다. 한때 오동면에서 다섯 손가락 안에 꼽히는 부잣집으로 유명했다는 양돈 농가 고명딸로 태어난 민서의 엄마는 화가가 되겠다며 서울에 있는 미술대학에 들어갔다. 대학에 들어가서야 전업 화가로 살아가려면 생각했던 것보다 돈이 더, 아주 많이 든다는 사실을 알게 된 엄마는 화가의 꿈을 포기하고 미술학원에 취직해 미술대학 입시생들을 가르치다 소개팅 자리에서 아빠를 만났다. 민서네 아빠는 20년 전에는 한국에서 제일 유명했다는 어떤 영화감독의 블록버스터 영화 촬영장에서 조연출 일을 하고 있었다. 두 사람은 처음 만난 날 삼겹살에 소주를 마시며 일터의 윗사람들 욕을 하다 마음이 맞아 결혼에 이르렀다. 아빠는 한국에서 제일 유명한 영화감독이 되고 싶었지만 결국 자기만의 영화를 한 편도 찍지 못한 채 엄마를 따라 오동면으로 내려와 농장에서 돼지 치는 일을 도왔다. 아빠를 고생시켰던 영화감독도 영화를 세 편 연속 말아먹고 충무로에서 사라졌다나. 민서가 태어나고 몇 년 지나지 않아 구제역이 오동면 일대를 덮치는 바람에 외갓집 농장은 문을 닫고 엄마 아빠도 미술학원과 공장에 직장을 구하기까지 한참 고생했다.

민서 아빠는 지금도 영화를 향한 사랑을 간직하고 있었다. 민서도 영화를 좋아하기는 했지만 아빠하고는 취향이 전혀 달랐다. 아빠는 왜 그렇게 낡고 재미없고 불쾌하기까지 한 영화들만 좋아하는지 이해할 수 없었다. 게다가 툭하면 민서가 좋아하는 슈퍼히어로 영화를 얄팍하고 상업적이며 '진짜'가 아니라고 깎아내려서 딸의 기분을 상하게 했다. 엄마한테 구박받는 게 불쌍해서 영화를 같이 봐 주었지만 그것도 멋모르는 초딩 시절 이야기고 이제는 어림도 없는 일이었다. 이제 아빠는 컴퓨터로 영화를 다운로드 받아 보게 되어 예전처럼 귀찮게 굴지 않지만 그래도 새로 개봉한 영화를 볼 때마다 꼭 민서를 불러놓고 '나 때는 이틀에 한 시간밖에 못 자면서 이런 장면 찍었는데, 이제는 CG로 다 발라 놓는다'라며 뭐 어쩌라는 건지 모르겠는 불평을 했다.

"오, 호돌이다!"

세 번째 포스터를 본 정이가 외쳤다. 푸른색 바탕의 포스터 한 가운데는 손가락으로 V자를 그리는 호돌이 캐릭터가 커다랗게 그려졌고 아랫부분에는 'GAMES OF THE XXIVTH OLYMPIAD SEOUL 1988'이라는 영어 문장이 쓰여 있었다. 영진이 안경을 추어올리며 감탄했다.

"헐. 88올림픽이래. 진짜 옛날이다."

"그래? 집에 있길래 가져와 본 건데…… 너무 옛날 거라서 좀 그런가?"

"귀여운 것 같아. 호돌이는 라이언 친구같이 생겼잖아."

"맞아. 라이언 몸에 줄 긋고 모자 씌우면 호돌이."

아이들은 웃으며 호돌이 포스터를 벽에 붙였다. 썰렁했던 벽에 포스터들을 붙이니 훨씬 보기 좋아졌다. 이어서 민서는 장바구니에서 커다란 필통을 꺼냈다. 클리어 파일에 가지런히 끼워 둔 알록달록한 색지들, 포스트잇, 사인펜과 유성 마커펜 세트, 귀여운 무늬가 그려진 마스킹 테이프와 커터 칼, 가위까지 빠짐없이 챙겨 들고 왔다.

민서는 어릴 적부터 그림 그리기를 좋아했다. 인터넷에서 다운

로드한 귀여운 캐릭터나 캘리그래피 작품을 똑같이 따라 그리는 재주가 있어 친구들에게 부러움을 사고 미술 선생님의 칭찬도 곧잘 들었다. 아빠는 민서가 엄마의 재능을 물려받았다며 좋아했지만 민서는 딱히 정식으로 미술을 배우거나 미술대학에 들어갈 마음을 먹은 적은 없었다. 엄마를 생각하면 그러고 싶은 마음이 생기다가도 쑥 들어갔다. 엄마는 미대를 세상물정 모르는 아이들의 허영심을 이용해 부모 등골 빼 먹는 악의 소굴이라고 비판했다. 미대 나온 당사자가 그렇게 말하니 그런가 보다 하는 수밖에는 없었다.

"뭘 이렇게 많이 들고 왔어?"

"메뉴판 만들려고."

민서는 클리어 파일에서 노르스름한 크래프트 용지를 한 장 꺼내 사인펜 세트와 함께 테이블 위에 늘어놓으며 대답했다. 아이들은 미술 선생님의 시범을 구경하는 초등학생들처럼 숨을 죽이고 민서가 쥔 사인펜 끝을 바라보았다. 민서는 종이 맨 윗부분에 동글동글 귀여운 글씨로 'MENU'라고 쓰더니 친구들을 바라보며 물었다.

"일단 아이스 아메리카노랑, 아이스 카페 라테 쓰면 돼? 이거 두 개가 전부야? 다른 건 안 팔 거야?"

그러고 보니 순서가 바뀌었다. 메뉴를 정한 다음에 메뉴판을 써야 하는 법인데. 아이들은 그 자리에서 메뉴판에 채워 넣을 내용을 정했다. 프라푸치노, 밀크티, 아이스크림 와플…… 갖가지 먹거리 이름들이 앞다투어 나왔다가 '그걸 누가 어떻게 만들 건데?'라는 질문 앞에서 쏙 들어갔다. 약 10분간 이어진 토론 끝에 아이들은 아이스 아메리카노, 아이스 카페 라테, 아이스티, 콜라 네 가지를 팔아 보기로 했다.

"이제 가격만 정하면 되겠다."

민서는 당장 메뉴판을 써 내려가고 싶어서 안달을 냈지만 영진은 무언가 중요한 것을 빠트린 것처럼 마음 한구석이 찜찜했다. 메뉴판을 쓰기 전에 이 찜찜한 부분을 짚고 넘어가지 않으면 안될 것 같았다. 영진은 아이들에게 물었다.

"잠깐만 기다려 봐. 진짜 카페처럼 사람들한테 돈을 받고 먹을 걸 팔자는 거야?"

"우리끼리만 놀지 말고 애들이랑 다 같이 놀면 좋잖아."

나혜가 대답했다. 영진은 여전히 찜찜한 기분을 떨쳐내지 못하며 말했다.

"그래도…… 학교 친구들한테 돈 받는 건 좀 그런데."

"우리도 다 회비 걷어서 재료 산 거잖아."

"맞아. 축제 때 일일 카페도 다 돈 받고 팔았는데 뭐 어때."

친구들에게 용기를 얻은 영진은 비로소 고개를 끄덕였다.

"알았어. 그러면 돈은 재료비만큼 받으면 되나?"

"그것보다는 조금 더 받아야 하지 않나?"

정이가 자신 있게 고개를 끄덕였다.

"그럼! 우리 인건비도 있잖아."

인건비라는 말에 웃음을 삼키며 영진이 말했다.

"좋아. 그러면 얼마 더 붙여서 팔면 좋을까?"

다시 한번 토론이 이어졌고 아이들은 재료비에 각각 500원씩 덧붙여 팔기로 정했다. 500원으로 정한 이유는 딱히 없었다. 1000원을 붙이면 너무 많이 남기는 듯한 기분이 들어서일 뿐이었다. 같은 학교 친구들에게 팔 건데 너무 비싸게 받는 건 양심이 없는 짓인 것 같았다. 그렇게 카페 공장의 첫 번째 메뉴와 판매 가격이 정해졌다.

MENU

아이스 아메리카노 : 1000원

(아이스 믹스커피 20봉지들이 한 상자 3600원, 1봉지 180원+1인분에 들어가는 생수와 얼음 약 300㎖, 원가 296원+마진 500원=976원. 이하 우수리 올림.)

아이스 카페 라테 : 1000원

(흰 우유 1ℓ 한 팩 2490원, 1인분에 들어가는 우유 약 100㎖ 원가 249원+믹스커피 1인분 원가 180원+마진 500원=929원)

아이스티 : 1000원

(복숭아 맛 아이스티 가루 40봉지들이 한 상자 5380원, 1봉지 135원＋
1인분에 들어가는 생수와 얼음 약 300㎖, 원가 296원＋마진 500원
＝931원)

콜라 : 800원

(펩시 콜라 1.8ℓ 한 병 1980원, 1인분 약 200㎖, 원가 220원＋마진
500원＝720원)

영진은 스마트폰의 메모장 앱에 재료 가격과 판매 가격을 계산
한 내용을 빠짐없이 저장했다. 민서는 인터넷에서 검색한 예쁜 카
페 메뉴판 사진을 참고하며 메뉴판을 적었다. 옆에서 지켜보던 정
이가 마침 생각났다는 듯 말했다.

"우리 간판 있어야 하지 않나?"

나혜가 되물었다.

"간판을 어떻게 만들어?"

모두 말문이 막혔다. 손바닥만 한 오동면에도 수없이 많은 간판
들이 있지만 아무도 그 간판들이 실제로 어떻게 만들어지는지는
몰랐다. 아이들은 인터넷 검색을 해서 간판 제작 업체들을 알아냈
다. 비용은 생각보다 훨씬 비쌌다. 동네 인형 뽑기방 앞에 있는 허
술해 보이는 입간판도 십만 원이나 했다. 정식 간판이 아닌 현수

막을 제작하는 비용도 만만치 않았다. 그래서 아이들은 직접 간판을 만들기로 했다. 어렵게 생각할 것 없이 평범한 종이에 '카페 공장'이라고 커다랗게 써서 앞문 한가운데에 붙이면 될 것 같았다.

다음 날 민서가 간판을 만들어 왔다. 간판 종이는 한 장이 아니라 여러 장이었다.

"붓으로 써 보기도 했는데 너무 별로인 것 같아서 그냥 워드 프로그램으로 만들어 봤어."

카, 페, 공, 장. 한 글자씩 쪼개 네 장의 A4 용지에 커다랗게 프린트한 것을 일렬로 붙이면 간판이 완성되는 셈이었다. 그런데, 종이가 네 장이 아니라 다섯 장이었다. '카페'와 '공장' 사이에 쉼표 하나가 끼어 있었다. 카페, 공장. 영진이 커다란 쉼표가 프린트된 종이를 들고 민서에게 물었다.

"이 쉼표는 뭐야?"

"그냥. 중간에 쉼표 넣어 주면 어쩐지 있어 보이는 것 같아서."

민서의 말을 듣고 보니 일부러 끼워 놓은 쉼표가 제법 그럴싸해 보였다. 왜 그런지는 알 수 없지만. 아이들은 정문 바깥 유리창에 간판을 하나씩 붙여 나갔다. 미닫이문을 열면 쉼표와 '공', '장' 세 글자가 보이고 문을 닫으면 다섯 글자가 온전히 보였다. 뿌듯한 마음이 비포장 도로 위에 나란히 서서 다섯 글자를 바라보는 아이들의 가슴속에 가득 번져 나갔다.

본격!
카페 영업 시작

"여기야?"

수연이 손가락 위로 녹아 흐르는 메로나를 핥으며 턱짓으로 미닫이문에 붙은 A4 용지들을 가리켰다. 여름방학이 끝난 지 오늘로 이틀째. 처서(處暑)가 지나 불볕이 수그러들고 귀뚜라미 우는 소리가 날이 다르게 커지고 있었다. 수연은 옆 반 친구였다. 옆 반이라고 해 봤자 오동 고등학교 2학년 교실은 1반과 2반뿐이지만. 수업이 끝나고 정이에게 끌려오다시피 해서 온 참이었다. 카페 안에 들어선 수연이 테이블과 의자들을 가리키며 물었다.

"가구도 너희가 가져온 거야?"

"그럼. 전부 우리 집에서 가져왔어."

정이가 자랑스레 대답했다. 철제 의자에 앉아 벽에 붙은 포스터들을 구경하는 수연에게 나혜가 메뉴판을 가져다주었다. 수연이 메뉴판을 보는 동안 네 아이들은 짐짓 아무렇지 않은 척했지만 심장은 자전거를 타고 오르막길을 오를 때처럼 거세게 뛰고 있었다. 수연은 카페 공장의 첫 손님이니까.

"나는 아이스 라테."

"네, 아이스 라테 하나요."

나혜가 진짜 카페 직원처럼 예의 바르게 말하는 바람에 모두 웃음을 터뜨렸다. 수연이 나혜의 팔을 장난스럽게 두드리며 말했다.

"친구끼리 무슨 존댓말이세요?"

"나도 모르게 그만."

나혜가 냉장고 위에 깨끗이 씻어서 엎어 둔 유리컵을 정이에게 건네주었고 정이는 아이스 라테를 만들기 시작했다. 플라스틱 물통에 믹스커피와 물을 넣고 아래위로 열심히 흔든 다음, 얼음을 채우고 다시 물통을 흔들어서 완성된 라테를 유리컵에 담았다. 컵 위로 흘러넘친 커피를 나혜가 키친타월로 깔끔하게 닦고 빨대를 꽂은 뒤 민서가 가져다 놓은 코스터 위에 컵을 올렸다.

"우와, 양 대박 많다."

수연은 감탄하며 빨대를 입으로 가져갔다. 정이는 수연이 라테를 목으로 넘기자마자 물어보았다.

"어때? 맛있어? 괜찮아?"

"응, 맛있어. 믹스로 만든 것 치고 대박인데? 내가 타 먹으면 절대 이런 맛 안 나. 짱이다."

칭찬을 들은 정이의 어깨가 한껏 위로 올라갔다. 순식간에 라테를 다 마셔 버린 수연은 얼음만 남은 컵을 메뉴판 위에 내려놓았다. 차가운 유리컵 표면에 맺힌 물방울이 메뉴판 위로 흘러내리는 것을 본 민서가 기겁을 했다.

"야! 메뉴판 젖잖아."

"어, 미안."

수연이 황급히 컵을 들어 올렸지만 이미 늦었다. 민서가 부랴부랴 키친타월을 가져와 젖은 메뉴판을 닦아 냈는데 수성펜으로 쓴 글씨는 이미 엉망으로 번지고 말았다. 정성 들여 쓴 글씨였는데……. 민서는 속상해서 부루퉁해졌다. 수연은 다 먹은 아이스크림 포장지를 손에 든 채 두리번거리며 물었다.

"그런데 여기 쓰레기통은 없어?"

그러고 보니 카페 공장에는 아직 쓰레기통이 없었다. 어쩔 수 없이 마트에서 받은 비닐봉지에 쓰레기를 담았다. 수연은 한동안 아이들과 수다를 떨며 놀다가 이만 집에 가야겠다며 가방에서 지갑을 꺼냈다. 지갑을 본 아이들은 긴장했다. 친구들끼리 돈을 주고받는 건 역시 어색한 일이었다. 그런 마음은 수연도 마찬가지라 곧바로 지갑을 열지 못하고 겸연쩍어하며 정이에게 농담을 건넸다.

"사장님! 여기 얼마예요?"

"아이스 라테 하나 드셨죠? 1000원입니다."

"여기 카드는 안 받아요?"

"죄송합니다. 우리 카페는 현금만 받습니다."

"그럼 카카오 페이는 돼요?"

"손님, 우리 카페는 그런 거 안 받아요."

수연과 정이가 즉석에서 역할극을 펼치는 바람에 다같이 웃음을 터뜨렸다. 한바탕 웃고 나니 어색했던 분위기가 풀어졌다. 시원스레 천 원짜리 지폐를 건넨 수연에게 영진이 조심스레 물었다.

"가격은 어때? 비싼 것 같지는 않아?"

수연은 고개를 가로저었다.

"전혀 안 비싸. 편의점에서도 얼음 컵 하나에 500원 받잖아. 그런데 갑자기 웬 카페야? 너희 부모님이 하는 데야?"

영진은 조금 주저하며 대답했다.

"그런 건 아니고…… 어쩌다 보니까 하게 됐어. 그냥 우리끼리 노는 아지트랄까."

수연은 애초에 깊이 따져 물을 생각은 아니었던 듯 고개를 끄덕였다.

"아지트라니까 좋다. 이디야 커피는 어른들이 한 번 자리를 차지하면 좀처럼 안 비켜 주잖아. 편의점 테이블은 소주 마시는 할아버지들 차지고."

"그래. 여기서는 우리끼리 마음 편하게 놀 수 있어. 선생님이랑 동네 어른들 눈치 안 보고 하고 싶은 말 다 해도 돼."

"좋아! 다음에는 내 친구들 데리고 올게."

수연이 약속했다. 아이들은 카페 밖 오솔길 저편까지 첫 손님을 배웅해 주었다.

"쓰레기통 가져오기, 메뉴판 코팅하기, 잔돈 바꿔 놓기."

수연이가 돌아간 뒤 영진은 아이들을 테이블에 불러 앉히고 임시 회의를 열었다. 나혜가 제일 먼저 의견을 말했다.

"설거지한 그릇 올려 둘 받침대. 이왕이면 수세미 받침대도 있으면 좋을 것 같아."

이어 민서도 말했다.

"손님용 냅킨도 따로 있으면 좋을 듯."

"그래. 손님한테 키친타월 뜯어서 주는 건 별로야. 그렇다고 두루마리 휴지를 상에 놓아 두는 것도 좀 아니고."

"맞아. 그건 솔직히 극혐."

"남은 회비로는 조금 부족할지도 모르겠는데."

영진이 돈 걱정을 하자 정이가 태평스레 말했다.

"오늘 번 돈 보태서 사면 되잖아."

"야, 오늘 번 돈 겨우 1000원이거든? 재료값은 빼고 계산해야지."

"아 맞다. 차영진 역시 수학 천재."

영진은 고개를 절레절레 저으며 말했다.

"그런데 말이야. 솔직히 앞으로 우리 카페에 손님이 얼마나 올지도 모르는 상황에서 굳이 돈을 쓸 필요는 없다고 봐. 우리끼리 커피 만들어서 마시고 노는 데 드는 돈도 생각해야지. 되도록이면 집에 있는 물건을 활용해서 돈 아끼자."

합리적인 영진의 제안에 세 아이들은 군말 없이 고개를 끄덕였다. 나혜가 말했다.

"쓰레기통은 내가 가져올게. 우리 집에 안 쓰는 거 있을 거야."

"씻은 그릇 올려 두는 바구니는 우리 집 창고에서 찾아볼게."

정이도 질세라 거들었다. 영진은 안경을 고쳐 쓰며 회의 내용을 확인했다.

"그럼 이제 남은 건 손님용 냅킨이랑 메뉴판 코팅비, 두 개지? 냅킨은 하나로마트에서 사면 될 거고, 코팅은 어떻게 하지? 칠동면 알파문구 가면 되나?"

문구류에 관심이 많은 민서가 냉큼 답했다.

"다이소 인터넷 몰에서 코팅 용지 사다가 직접 하는 게 나을 걸. 하는 김에 문밖에 붙여 놓은 카페 간판도 같이 코팅하려고. 비 맞으면 다 번지니까. 아, 손님용 냅킨도 그냥 코팅지랑 같이 주문할까? 다이소에서 팔거든."

영진이 민서의 혼잣말을 잘랐다.

"잠깐. 민서 너 혹시 그림 들어간 예쁜 냅킨 살 생각이야?"

"응. 왜? 그러면 안 돼?"

영진은 재빨리 인터넷에 접속해 일회용 냅킨의 가격을 비교했다.

"이거 봐. 평범한 종이 냅킨은 백 장에 2400원밖에 안 하는데 그림 들어간 냅킨은 다섯 장에 2000원이나 해. 가격이 너무 많이 차이 나."

"카페인데 이왕이면 예쁜 거 쓰면 좋잖아. 코스터도 귀엽고 머들러도 예쁜데……."

"그야 그렇지만 지금은 돈이 부족하니까."

민서가 울상을 지었지만 영진은 단호하게 고개를 저었다. 회비를 한 번 더 걷을 수는 있지만 아직은 일렀다. 아이들의 한 달 용돈은 4만 원에서 7만 원 사이라 이미 다들 한 달 용돈의 대부분을 카페에 쓴 터였다. 영진은 적지 않은 돈을 카페 공장에 쓴 게 전혀 아깝지 않았지만 앞으로 돈이 더 많이 들 것 같아 겁이 났다. 그런 마음은 정이와 나혜, 민서도 마찬가지였다. 편의점에 가고픈 마음, 화장품 사고픈 마음, 롯데리아와 다이소에 가고픈 마음이 전부 이곳 카페 공장으로 옮겨 온 것 같았다.

다음 날에는 새벽부터 온종일 굵은 빗줄기가 쏟아졌다. 아이들은 비 오는 날에는 카페 문을 닫기로 했다. 그다음 날은 늦은 아침까지 흐리더니 점심 무렵 구름이 걷히며 순식간에 젖은 땅이 마르기 시작했다. 수업을 마친 아이들은 앞다투어 카페 공장으로 내달렸다.

문을 닫아 놓은 카페 안에는 습기가 가득 차 있었다. 영진은 앞뒤 문을 활짝 열어젖히고 선풍기를 최대 풍량으로 틀었다. 민서는 어젯밤 집에 가져가서 코팅해 온 간판을 다시 문밖에 붙였다. 나혜는 쓰레기통을 가져오겠다며 집으로 달려갔다.

"엄마가 그저께 학교 끝나고 어디 갔다 왔냐고 캐묻는 거야. 그래서 우리끼리 칠동면 가서 놀다 왔다고 뻥쳤어."

민서가 스마트폰을 만지작거리며 말하자 정이가 헐, 하며 외쳤다.

"어제 나도 똑같이 뻥쳤는데."

"오늘은 무슨 핑계 대지? 영진아, 넌 여기서 놀다 집에 늦게 들어가면 뭐라고 둘러대?"

민서와 정이의 심각한 표정에도 영진은 스마트폰으로 온라인 강의를 보며 건성으로 대답했다.

"그냥 도서실에서 자습하고 온다고 하는데."

성적 통지표 받는 날이 세상에서 제일 싫은 정이와 정이 못지않게 절망적인 성적을 기록하는 민서는 구슬픈 표정으로 한탄했다.

"그래, 영진이네 부모님은 그렇게 말해도 믿어 주실 거야."

영진은 곁눈질로 둘을 보며 툭 던지듯 말했다.

"뭐…… 내 핑계 대든가."

정이가 신이 나서 소리쳤다.

"우와! 그럼 우리 이제부터 매일 모여서 방과 후 스터디 한다고 할까? 영진이가 우리 공부 도와준다고 하면 되겠다."

영진이 스마트폰을 내려놓고 말했다.

"칠동면에 시립도서관 있잖아. 거기는 평일 밤 10시까지 열고 에어컨도 계속 틀어 주니까 날씨 시원해질 때까지 거기서 공부한다고 말씀드려."

"대박. 역시 차영진."

거짓말도 공부 잘하는 친구가 하니까 참 그럴듯했다. 정이와 민서는 감탄을 거듭하며 영진이 짜 준 알리바이를 머릿속에 열심히 새겨 넣었다. 넷은 어릴 적부터 단짝이고 영진이 우등생인 건 동네 사람들이 다 아는 사실이니 부모님들도 별다른 의심을 하지 않을 터였다.

"되도록 밤늦게까지는 여기 있지 말자. 너무 늦으면 부모님들이 차로 데리러 온다고 할 수도 있으니까."

영진의 꼼꼼한 당부를 들으며 정이와 민서가 열심히 고개를 끄덕이는데 카페 밖에서 낯선 목소리가 들려왔다.

"여기 맞아?"

아이들은 반사적으로 자리에서 일어났다. 오동 고등학교 교복과 체육복을 입은 여자아이 둘이 문지방 너머에서 두리번거리고 있었다. 그 아이들의 등 뒤에서 수연이 반갑게 손을 흔들었다. 친구들을 데리고 다시 찾아오겠다는 약속을 지킨 거였다. 아이들은 의자를 손님들에게 양보하고 부산스레 움직였다. 선풍기 방향을 맞추어 주고 젖지 않도록 코팅한 새 메뉴판과 손님용 냅킨을 가져다주었다.

"와, 메뉴판 귀엽다."

교복 입은 손님이 메뉴판을 받아들고 감탄하자 민서의 얼굴에 뿌듯한 웃음이 번졌다. 손님들은 아이스 아메리카노 두 잔과 아이스 라테 한 잔을 주문했다. 정이는 플라스틱 물통에 커피와 얼음을 채우고 칵테일을 만드는 바텐더처럼 신나게 흔들었다. 무척 더운 듯 휴대용 선풍기를 얼굴에 바짝 붙이고 있던 체육복 입은 손님이 질문했다.

"근데 여기 커피는 뭘로 만들어?"

"믹스커피."

정이의 솔직한 대답에 체육복 입은 손님은 어이없다는 듯 눈을 동그랗게 뜨며 외쳤다.

"헐. 믹스커피? 저기요, 양심 있으세요?"

순간 정이의 뱃속이 꿈틀했다.

"야, 믹스커피는 공짜인 줄 알아?"

딴에는 성질을 최대한 죽이며 말했는데, 체육복 입은 손님은 뜨악한 표정을 지었다.

"뭐야. 갑자기 웬 정색? 누가 공짜랬나."

분위기가 냉랭해지려는 찰나 수연이 중재에 나섰다.

"믹스커피면 어때. 맛있으면 됐지."

정이는 여전히 마음이 풀리지 않아 콧김을 씩씩거렸다. 나혜가 카페로 들어왔다. 밭일하는 할머니처럼 얼굴에서 땀을 줄줄 흘리는 나혜의 양손에는 커다란 장바구니와 유선 진공청소기가 들려 있었다.

"웬 청소기?"

"그냥 집에 있길래 가져와 봤어."

나혜는 민서가 갖다준 냅킨으로 흥건한 땀을 닦으며 말했다. 출시된 지 10년은 족히 지난 낡은 유선 진공청소기는 나혜 엄마가 무선 청소기를 새로 산 뒤 찬밥 신세가 되었다. 쓰지 않는 물건은 내버리라는 아빠의 잔소리에 엄마는 물건이란 놔두면 어딘가에 쓸 곳이 생기는 법이라고 큰소리를 쳤다. 엄마 말이 맞았다. 이렇게 쓸 곳이 생겼으니까. 그동안 나혜는 카페의 지저분한 바닥이 계속 마음에 걸리던 참이었다. 나혜는 땀이 식을 새도 없이 청소기로 바닥을 깨끗이 청소하고 장바구니에서 플라스틱 쓰레기통과 20리터짜리 종량제 봉투를 꺼냈다. 쓰레기통은 눈에 잘 띄도록 앞문 바로 옆에 놓기로 했다.

다음 날에는 카페에 테이블이 하나 더 있으면 좋겠다는 의견이 나왔다. 정이는 또다시 창고를 뒤져 어른 대여섯 명이 앉고도 남을 만큼 큰 식탁을 찾아냈다. 침대만 한 식탁은 손수레로는 옮길 수 없었다. 결국 다시 한번 오빠 현이에게 도움을 구하는 수밖에 없었다.

"너 자꾸 집안 물건 가져다가 뭔 짓 하는 거야? 어디 팔아먹냐?"

정이가 자동차로 식탁을 옮겨 달라고 부탁하자 현이는 미심쩍어했다. 하는 수 없이 옛 공장 지대에 카페를 차렸다고 자초지종을 털어놓자 비웃음이 되돌아왔다.

"뭐? 카페? 대가리에 피도 안 마른 것들이 공부는 안 하고 뭔 짓이야?"

정이는 발끈해서 소리쳤다.

"그런 너는 고딩 때 공부 잘했냐? 맨날 술 마시고 담배 피웠으면서."

"이게 툭하면 반말이야. 하여튼 입만 살아서. 암튼 식탁 옮기고 싶으면 용달비 내."

정이는 눈을 휘둥그레 뜨며 되물었다.

"용달비가 뭔데?"

현이는 코흘리개에게 한글 가르치듯 거만한 태도로 말했다.

"너네 카페인지 뭔지까지 식탁 옮겨다 주는 배송비 말야. 가족이니까 특별히 만 원만 내라. 싸지?"

"존나 치사해! 차로 5분밖에 안 걸리는 거리에 무슨 배송비를 받아?"

흥분한 정이가 소리 지르자 현이는 혀를 끌끌 차며 어린아이 타이르듯 말했다.

"고딩들은 경제 개념이 없다니까. 야, 만 원이면 내 차 기름값도 안 나오거든? 완전 눈탱이 치는 셈인데 고마운 줄이나 알아."

어쩔 수 없이 정이는 현이에게 용달비를 주기로 했다. 아무리 그래도 만 원이나 주기는 싫어서 협상 끝에 만 원을 8000원으로 깎았다. 친동생에게 돈을 뜯어 가다니 참 현이다운 발상이었다. 현이는 어릴 적부터 사고뭉치였다. K시에 있는 공업고등학교를 간신히 졸업한 현이는 굳이 대학에 갈 필요가 없다고 생각했고 부모님의 생각도 같았다. 어차피 정이네 인삼밭은 장손이 물려받게 되어 있었고 농사에는 대학 졸업장이 필요 없었다.

그렇게 8000원을 써서 추가 테이블을 마련하고 영진이 집에서 접이식 의자를 하나 더 가져왔지만 여전히 카페에는 의자가 테이블보다 모자란 상황이었다. 민서가 의자 없이 앉아서 쓰는 '좌식형 자리'를 만들자는 아이디어를 냈다. 민서가 가져온 개다리소반이 바닥에 앉아서 쓰는 낮은 상이라는 데서 떠오른 생각이었다.

영진은 집에 있는 낡은 돗자리도 가져왔다. 돌아가신 외할머니께서 남긴 돗자리는 내도록 다용도실 한구석에 둘둘 말려 방치되어 있었다. 커다란 돗자리를 바닥에 펼치자 그윽한 풀 내음과 함께 멋진 봉황이 드러났다. 아이들은 돗자리 위에 개다리소반을 올려놓고 상 위에 커피를 담은 머그 컵 두 개를 예쁘게 세팅했다. 민서가 돗자리 사진을 찍어 필터로 보정해 인스타그램에 올렸다. 사진으로 보니까 마치 전통 카페처럼 그럴싸해 보였다.

다음 날 오후에는 또 다른 손님이 카페 공장을 찾았다. 수연이 데리고 왔던 친구 중 하나가 남자 친구를 데리고 온 거였다. 커플은 돗자리를 보고 냉큼 앉더니 열심히 셀카를 찍었다. 그날 밤 아이들의 단톡방에 정이가 누군가의 페이스북으로 연결되는 하이퍼링크 주소를 올렸다. 낮에 다녀간 커플이 카페 공장에서 찍은 사진을 자기 페이스북에 올린 거였다. 수연이 친구는 '새로 생긴 카페ㅋㅋ'라는 글과 함께 사진 여러 장을 페이스북에 올려놓았다. 아이들이 단 댓글도 서너 개 있었다. 다들 '어디?', '우리 동네?' 하며 어느 날 갑자기 생겨난 카페의 정체를 궁금해하고 있었다.

달이 바뀌고 낮 최고 기온이 20도 중반까지 뚝 떨어지는 날이 생겨났다. 해 지는 시간이 하루가 다르게 앞당겨졌다. 긴 여름이 무거운 엉덩이를 털고 오동면을 떠날 준비를 마쳤다.

카페 공장에는 새로운 손님들이 삼삼오오 모여들었다. 수연과 친구들, 그 친구들의 또 다른 친구들을 통해 입소문이 퍼진 덕분이었다. 손님이 많아지니 재료도 빠르게 줄었다. 아이들은 자전거를 타고 하나로마트에서 생수와 우유를 사 날랐다.

가구도 늘었다. 싱크대 옆에는 작업대 역할을 하는 철제 선반을 놓고, 계산대로 쓰는 작은 탁자도 생겼다. 둘 다 동네와 빈 공장 건물 이곳저곳에 버려진 것을 눈여겨보았다가 들고 온 것들이었다. 후줄근한 선반과 책상을 깨끗이 닦고 나혜네 집에서 가져온 알록달록한 천을 씌웠다. 손님들의 공간과 직원용 공간을 구분지으니 카페 분위기가 한층 더 살아났다. 돗자리에 앉는 손님들을 위해 다이소에서 방석도 사다 놓았다.

손님이 늘어나자 아이들은 영업시간과 쉬는 날을 정하기로 했다. 영업시간은 평일 오후 4시부터 7시까지, 주말은 오전 12시부터 오후 6시까지. 주중 이틀은 쉬기로 했다. 비록 재미 삼아 하는 카페지만 어쩐지 '주 5일 노동제'를 지켜야 할 것 같아서였다. 민서가 영업시간 안내 표지판과 '내일은 쉽니다', 'OPEN', 'CLOSE' 표지판을 만들어 왔다. 가을맞이 새 메뉴로 따뜻한 아메리카노, 따뜻한 카페 라테와 핫초코 세 가지를 추가했다.

카페 공장의 건물에는 화장실이 없었다. 화장실에 가고 싶으면 멀리 정거장 앞 PC방 건물 2층에 있는 남녀 공용 화장실을 써야 했다. 하루는 다급하게 화장실 위치를 묻는 같은 학년 남학생에게 아이스 카페 라테 석 잔을 한꺼번에 만드느라 정신이 없던 정이가 "아 몰라. 알아서 찾아"라고 퉁명스레 내쏘았다가 싸움이 날 뻔한 걸 아이들이 말린 적도 있었다. 아이들은 '우리 카페에는 화장실이 없어요. T.T' 라는 안내문을 써 붙이는 것으로 문제를 진화했다.

"여기서 파는 커피 다 믹스라며?"

꽝꽝 얼어붙은 틀에서 얼음을 빼내려고 용을 쓰던 정이의 뒷덜미가 뜨끔했다. 창가 명당 자리에 앉은 손님들이 커피에 관한 이야기를 나누기 시작한 탓이었다.

"믹스커피? 어쩐지."

정이는 저도 모르게 하던 일을 멈추고 이야기가 들려오는 쪽을 돌아보았다. 손님들은 모두 3학년 선배들이었다.

"믹스로 만든 것 치고는 비싼 거 아냐?"

"그러게. 롯데리아 커피도 원두로 만드는데."

선배들은 큰 소리로 거침없는 비평을 나누기 시작했다.

"그래도 칠동면 다녀오는 교통비 생각하면 싼 거 아닌가."

"맞아. 어차피 우리 동네 편의점에서는 원두커피 안 파니까."

"편의점 커피 중에서는 씨유가 제일 괜찮다더라."

"어차피 여기는 씨유도 없잖아?"

비난의 대상은 오동면의 열악한 프랜차이즈 편의점 사정으로 넘어갔지만 이미 정이의 얼굴은 벌겋게 달아오르고 콧김이 거세지기 시작했다. 비싸다니? 커피 한 잔에 1000원밖에 안 받는데, 대체 얼마나 더 싸게 먹겠다는 거야?

"말이면 단 줄 아나."

손님들을 노려보며 중얼거리는 정이의 어깨를 나혜가 기겁하며 찰싹 후려쳤다.

"미쳤어? 언니들 들으면 어쩌려고."

겨우 한 살 터울이지만 선후배 관계가 엄격한 오동면에서는 하늘 같은 언니들이었다. 그들에게 버릇없는 후배로 찍혔다가는 남은 학교생활이 고달파질 것이었다. 정이는 입을 다물었지만 속은 부글부글 끓었다.

나혜도 속이 상했다. 손님들이란 왜 그렇게 불만이 많은지. '에어컨은 왜 없어?' '생크림은 안 얹어 줘?' '의자가 너무 딱딱해' '얼음 양이 너무 많은 것 같아' 같은 학교 친구들끼리 하는 카페라는 걸 알면서 뭐 그리 바라는 게 많을까. 따져 보면 마냥 좋아해 주는 손님들이 더 많았지만 카페를 운영하는 입장에서 마음에 오래 남는 건 칭찬보다는 상처 주는 말들이었다.

가게를 나가는 언니들을 바라보며 정이는 심각한 표정으로 중얼거렸다.

"역시 커피는 원두가 아니면 별로인가 봐."

"어쩔 수 없잖아. 진짜 커피 만드는 건 지금 우리 상황에서는 힘드니까."

나혜는 위로해 주려고 한 말이었지만 정이는 오히려 주눅이 들었다. '진짜 커피'라니. 믹스커피로 만들면 가짜라는 소린가? 내가 얼마나 열심히 만들고 있는데……. 생각해 보면, 믹스커피는 고깃집에 가면 공짜로 뽑아 마실 수 있다. 그러니까 한 잔에 1000원만 받는데도 불구하고 손님 입장에서는 비싸게 느껴지는 건지도 모를 일이었다.

민서는 인스타그램에 카페 공장 공식 계정을 만들었다. 카페 내부 풍경과 음료수 사진을 최대한 예쁘게 찍어 업로드하고 '#카페', '#아메리카노' 등 다양한 해시태그를 달아 놓았다.

"인스타에 악플 같은 건 안 달렸는데……."

걱정 어린 민서의 혼잣말에 영진이 자조적으로 대꾸했다.

"그야 팔로워가 없으니 악플도 없지."

카페 공장의 인스타그램에 달린 마지막 댓글은 스팸 계정이 달아 놓고 간 '소통해요~' 한마디뿐이었다. 계정을 만든 지 벌써 일주일이 지났는데 팔로워는 아직 서른두 명뿐이었다. 그나마 수연의 도움을 받아 학교 친구들로 채운 팔로워들이 절반이고 나머지는 다 스팸 계정이었다.

"잠깐만. 댓글 새로 달렸다!"

끈질기게 인스타그램 피드를 재확인하던 민서가 외쳤다. 아이들은 후다닥 스마트폰을 집어 들었다. '믹스커피지만 존맛탱ㅋㅋ'. 2학년 친구가 막 달고 간 댓글이었다. 정이는 고민스러웠다. 생각해 보면 진짜 카페들은 물론 편의점에서조차 원두커피를 팔고 있었다. 정이의 냉커피가 세상 제일이라고 칭찬하는 할아버지조차 커피는 원두커피가 진짜라고 말하지 않았던가. 그렇게 할아버지와 커피를 연결 지어 생각한 순간, 오랫동안 뒷전으로 밀려나 있던 기억이 둥실 떠올랐다. 정이는 저도 모르게 큰 소리로 부르짖었다.

"맞다! 우리 집에 다 있어!"

"뭐가 있는데?"

"커피머신이랑, 드리퍼랑, 원두 가는 핸드 밀. 울 집에 다 있으니까 그걸로 원두커피 만들 수 있어!"

"너희 집에는 그런 게 다 있어?"

민서가 놀라며 물었다. 정이는 잔뜩 흥분해서 고개를 끄덕였다.

"예전에 울 할아버지가 카페에 비싼 돈 쓰기 싫다고 드립커피 만드는 도구랑 재료 싹 다 사 왔거든. 두세 번 만들어 먹다가 귀찮다고 캡슐 머신으로 바꿨지만."

"원두커피는 바리스타의 솜씨에 따라서 맛이 달라진다는데……."

영진은 인터넷 어디선가 읽었던 내용을 떠올리며 걱정했다. 정이는 장담했다.

"두고 봐. 내가 연습 제대로 해서 쩔게 만들 테니까."

"그래. 정이는 그동안 믹스커피로도 잘 만들었잖아. 원두로 만들면 더 잘할 거야."

나혜가 기운을 북돋아 주었다. 영진은 잽싸게 인터넷 가격 비교 사이트에서 원두 가격을 검색해 보았다.

"분쇄 원두는 그냥 원두보다 훨씬 싸네?"

"안 돼. 분쇄 원두는 향이 다 날아가서 맛이 없어. 이왕 진짜 원두로 만들 거면 제대로 해 보고 싶기도 하고."

정이는 정색하며 고개를 저었다. 아이들은 놀랐다. 이토록 진지한 태도로 의지를 불태우는 정이를 보는 것은 처음이었다.

"그럼 원두커피는 언제부터 만들 수 있어?"

영진이 묻자 정이는 잠시 생각하고 대답했다.

"음…… 다음 주 월요일, 아니다. 연습 좀 제대로 하고 나서 화요일부터?"

"좋아. 잠깐 여기 와서 서 봐."

민서는 정이의 소맷부리를 잡아끌어 호돌이 포스터 앞에 세우고 사진을 찍었다. 얼굴 나오는 건 부끄럽다는 정이와 옥신각신한 끝에 파파라치 사진처럼 손바닥으로 자기 얼굴을 가리는 연출을 했다. 보정 필터로 피부색을 화사하게 만들고 머리에 귀여운 고양이 귀를 달아 준 다음 눈에 잘 띄는 굵은 글씨체로 홍보문을 적어 넣었다.

카페 공장, 다음 주 화요일부터 진짜 원두커피 개시!

민서는 완성한 사진을 카페 공장 인스타그램 계정에 올리고 안내문을 썼다.

화요일부터는 카페 공장에서 바리스타가 만든 원두커피를 맛 보실 수 있어요.
#카페 #커피 #원두커피 #아메리카노

진짜 카페 광고처럼 그럴싸해 보였다. 정이는 얼굴이 빨개진 채 민서의 어깨를 흔들었다.

"뭐야. 나 바리스타 아닌데. 그거 자격증 따야 되는 거란 말야."

"우리끼린데 뭐 어때. 그냥 커피 만드는 사람을 바리스타라고 부르는 거 아냐?"

"그러게. 그럼 정이도 바리스타 맞지."

정이는 부끄러우면서도 단짝 친구들에게 바리스타라고 인정받은 것이 기뻐 가슴이 울렁거렸다. 세상에서 제일 맛있는 원두커피를 만들겠다고 다짐했다. 정이도 아이들도 전혀 모르는 사실이었지만, 실제로 카페에서 커피를 팔기 위해 바리스타 자격증이 반드시 필요하지는 않았다. 누구라도 '커피 만드는 사람'이 될 수 있었다.

인스타그램을 오매불망 지켜보던 민서가 탄성을 내질렀다.

"와! 벌써 좋아요 떴어."

"헐. 스팸 계정 아냐?"

"아니야. 그냥 커피랑 고양이 사진 올리는 평범한 계정이야."

민서는 잔뜩 흥분했다. 그동안 썰렁한 카페 공장의 인스타그램이 못내 안타까웠던 참이었다. 이제부터는 원두커피도 팔 텐데 사람들이 몰라 주는 건 너무 아까운 일이었다. 민서는 그날 밤새 인스타그램의 카페 관련 계정을 백 군데 넘게 팔로우하고 '좋아요'도 열심히 눌러 놓았다. 이러다 보면 언젠가는 인스타에서 카페 공장이 유명해지는 날이 올지도 모른다고 믿으며.

정이네 집 마루에 걸린 벽시계가 새벽 3시를 가리켰다. 정이는 부엌 식탁에 홀로 앉아 커피 방울이 똑똑 떨어지는 유리병을 노려보고 있었다. 어젯밤도 서너 시간밖에 못 자서 죽도록 노곤한데 두 눈만 부엉이처럼 말똥말똥했다. 한약처럼 진한 커피를 일곱 잔이나 마신 탓이었다.

식탁 위에는 깔때기 모양의 드리퍼가 올려진 유리 서버와 주둥이가 길고 좁은 드립 전용 주전자, 맷돌과 같은 원리로 커피콩을 가루로 빻는 핸드 밀과 볶은 커피콩이 담긴 은박지 봉투가 어수선하게 늘어서 화학 실험을 하는 과학실 탁자 같았다.

오늘로 사흘째. 정이는 밤잠을 줄여 가며 핸드 드립을 연습하는 중이었다. 처음에는 전문 바리스타가 유튜브에 올린 '초보자도 할 수 있는 핸드 드립' 영상을 보며 무작정 따라했다. 바리스타 말대로 금방 배울 수 있었다.

그러나 뭐든 알기 전보다 알고 난 다음이 더 어렵다던가. 드립 커피의 세계는 알면 알수록 복잡하고 오묘했다. 끓인 물의 양과 온도, 물을 붓고 뜸을 들이는 시간, 원두의 종류와 양, 분쇄한 입자의 크기까지 다양한 변수들이 작용했다. 바리스타마다 말하는 내용이 다 달랐다. 누구는 이 방법이 맞다고 하고, 누구는 그 방법은 틀렸으며 비과학적인 미신이라고 주장했다. 결국 믿을 것은 자신의 코와 혀뿐이라고 했다. 몇 잔을 연속으로 마시다 보면 혀도 코도 감기 걸린 것처럼 무감각해진다는 게 문제였지만.

새로 내린 커피를 맛본 정이는 한숨을 쉬었다. 아무래도 '빵'이 나오지 않으면 커피 맛이 조금 떨어지는 것 같았다.

"안 자고 뭐 하는 겨?"

정이는 화들짝 놀라 쳐다봤다. 할아버지가 마루에 나와 있었다.

"커피 만들어."

할아버지는 정이 맞은편 자리에 주저앉으며 청했다.

"어디 나도 맛 좀 보자."

평생 농사꾼으로 살아온 할아버지는 아침잠이 없었다. 막 깨어난 할아버지에게는 정이가 내려 주는 커피가 모닝커피인 셈이었다. 정이는 핸드 밀 손잡이의 작은 조절 나사를 반시계 방향으로 살짝 돌려 분쇄 입자 크기를 조정한 뒤, 원두를 10그램 정도 넣고 손잡이를 돌리기 시작했다. 낡아 이음새가 뻑뻑해진 그라인더에서 덜컥덜컥 예스러운 소리가 울렸다. 할아버지가 혀를 찼다.

"멀쩡한 기계 놔두고 웬 고생이여?"

"진짜 커피 만드는 연습 중이야. 할아버지가 예전에 그랬잖아. 이렇게 만드는 게 진짜라고."

핸드 밀에서 고소한 냄새가 솔솔 풍겼다. 정이는 잘게 갈린 커피 가루를 여과지를 넣은 드리퍼에 옮겨 담고 주전자로 더운물 부을 준비를 했다. 할아버지가 앞에 있으니 마치 카페에서 손님을 맞는 것처럼 긴장되었다. 물은 끓자마자 바로 부으면 안 되고 살짝 식혀서 붓되, 너무 빠르게 부어서도 너무 천천히 부어서도 안 되며, 동그란 원 안쪽에서부터 바깥쪽으로 달팽이 집 모양을 그려 나가며 부어야 한다. 정이는 머릿속으로 열심히 연습한 순서를 곱씹으며 물을 부었다.

"빵! 빵이다!"

정이는 김이 올라오는 주전자를 든 채로 소리쳤다.

"빵?"

할아버지는 통 모르겠다는 표정을 지었다. 식탁 위에는 온통 커피 만드는 도구와 새카만 커피콩만 흩어져 있을 뿐, 모카빵이건 소보로빵이건 빵 비슷하게 생겨 먹은 물건은 하나도 보이지 않건만. 정이는 드리퍼를 가리키며 노다지라도 발견한 양 흥분해서 어쩔 줄 몰라했다.

"이것 봐 할아버지, 이게 빵이야. 커피빵이 생겼어!"

더운물을 듬뿍 머금은 커피 가루가 막 구워진 머핀처럼 둥그스름하게 부풀어 올랐다. 이른바 '커피빵'이었다. 커피빵은 물의 온도와 물 붓는 방식, 원두의 숙성도와 분쇄 입자 크기 등이 잘 맞아 떨어질 때 일어나는 현상으로, 커피빵이 생겨나면 제일 맛있는 커피가 내려진다는 속설이 마니아들 사이에서 상식으로 통했다. 커피빵과 커피의 맛은 별 상관이 없다는 과학적 반론도 있었지만 정이는 그저 원두가 동그랗게 부풀어 오르는 모습을 보는 것만으로 흡족했다. 그만큼 커피빵은 정이 같은 초보자 수준에서는 쉽게 볼 수 있는 것이 아니기도 했다. 오늘만 해도 몇 시간 동안 커피를 내리면서 겨우 한 번밖에는 커피빵을 만들지 못했으니까.

정이는 신이 나서 할아버지에게 커피를 따라 주었다. 할아버지는 한 모금 마시고 무뚝뚝하게 말했다.

"괜찮네."

"그게 다야? 더 자세히 말해 봐, 할아버지."

"커피가 커피지 뭘."

시큰둥하게 대답하면서도 할아버지는 눈 깜짝할 사이 커피 한 잔을 비우고 한 잔을 더 청했다. 다음 날 학교에서 돌아온 정이는 엄마와 작은엄마에게 커피를 대접하며 맛에 대해 꼬치꼬치 물어보았다. 밭에서 돌아온 아빠와 작은아빠, 할머니까지 온 가족이 커피 시음에 참여했다. 며칠 내내 커피를 한가득 마신 정이네 가족은 새벽까지 잠을 이루지 못했다.

할 일은
끝이 없고

원두커피 팔아요!

민서는 카페 미닫이문에 안내문을 붙였다. 오픈 시간을 10분 앞
둔 아이들은 부산스러웠다. 정이는 나혜를 앉혀 놓고 마지막 연습
을 했다. 지난 닷새 동안 잠을 설치며 연습한 드립 커피를 손님들
에게 처음으로 선보이는 날이었다.

"정말 맛있는 거야? 빈말 아니지?"

"응. 정말로 롯데리아 커피보다 낫다니깐."

나혜는 진한 커피를 세 잔 연속으로 마신 탓에 정신없이 뛰는 가
슴을 부여잡으며 애써 정이를 응원해 주었다. 영진은 메뉴판을 민
서가 만들어 온 새것으로 바꾸었다. '핸드 드립 아메리카노'가 추

가된 메뉴판이었다. '핫'과 '아이스'뿐만 아니라 커피의 농도를 조절할 수 있는 선택지도 생겼다. 가격은 믹스커피와 똑같이 매겼다.

얼마 지나지 않아 첫 손님이 찾아왔다. 예전에도 온 적 있는 2학년 커플 손님이었다. 손님들은 카페 안에 발을 들여놓자마자 코를 킁킁거렸다.

"우와, 커피 냄새."

네 아이들은 내도록 카페 안에만 있어서 몰랐지만 원두커피 특유의 향이 카페 안에 가득 차 있던 것이었다. 손님들은 핸드 드립 아메리카노 두 잔을 주문했다. 여자아이는 진하게, 남자아이는 연하게. 주방 앞 테이블 위에 도구들을 늘어놓고 부지런하게 손을 움직이는 정이를 모든 아이들이 진지한 얼굴로 구경했다. 와중에 민서는 잊지 않고 정이가 커피 내리는 모습을 동영상으로 찍었다. 완성된 드립 커피를 나혜가 제일 예쁜 잔에 옮겨 담아 서빙했다. 엄숙하기까지 한 분위기 속에서 손님들은 고개를 살짝 숙이고 커피를 맛보았다.

"어때?"

영진이 물어보자 손님들은 망설임 없이 고개를 끄덕였다.

"맛있어! 진짜 카페에서 파는 것 같아."

정이는 안도의 한숨을 내쉬었다. 그 어떤 칭찬보다도 진짜라는 말을 기다렸다. 이어서 찾아온 손님들도 앞다투어 핸드 드립 커피를 주문했다. 인스타그램에서 보고 왔다는 아이도 있었다. 다들 새로운 커피가 예전의 커피보다 훨씬 맛있다고 칭찬했다. 카페 공장의 첫 '진짜 커피'는 대성공이었다.

쉬는 시간 아이들은 학교 매점에 모였다. 과자와 초코우유를 늘어놓고 아이돌 이야기로 잠시 수다를 떨다가 누가 먼저라고 할 것 없이 카페 이야기를 시작했다.

"밖에서 산 과자나 아이스크림 가져와서 먹고 가는 애들 은근 많더라."

나혜는 엊그제 테이블에 과자 부스러기를 잔뜩 흘려 놓고 간 1학년 손님들을 떠올리며 불만을 털어놓았다. 민서도 질세라 말을 보탰다.

"난 편의점 삼김 까먹는 애도 봤어. 하필 김치가 들었는지 냄새 대박이었어. 처음에는 봐줬는데 두 번이나 그러니까 빡쳐서 이름 알아냈잖아. 2반에 김연주라고 있어."

정이가 웃으며 말했다.

"무개념이다. 근데 걔 이름은 알아내서 뭐 하게? 블랙리스트라도 만들 거야?"

"몰라. 그냥 내 마음속 블랙리스트에 적립이야."

민서는 향기로운 원두커피 내음 사이로 독가스처럼 퍼져 나가던 김치 냄새를 떠올리며 얼굴을 찡그렸다. 나혜는 고개를 설레설레 저었다.

"과자 봉지도 막 버리니까 청소할 때 너무 거슬리더라. 이러다가는 치킨까지 시켜 먹겠어. 우리도 '외부 음식 반입 금지'라고 경고문이라도 써 놓아야 하나?"

영진이 말했다.

"그런데 말이야, 우리 카페에 먹을 게 없어서 애들이 자꾸만 외부 음식을 가져오는 거라는 생각 안 들어?"

"먹을 게 없다니 무슨 말이야?"

정이의 질문에 영진이 진지하게 대답했다.

"우리 카페에는 디저트가 없잖아."

모두 납득했다. 확실히, 쌉싸래한 커피를 마시다 보면 자연스레 달콤한 케이크가 입에 당기기 마련이었다. 민서가 영진에게 되물었다.

"그럼 우리도 디저트 팔아? 어떻게? 카페에서 만들 수는 없잖아."

"그러니까 어떤 디저트를 팔지 지금부터 생각해 보자고."

"마트에서 개별 포장된 과자 사서 팔까?"

"그냥 마트에서 사 먹지 굳이 우리 카페에서 웃돈 주고 사 먹을까?"

의견을 쏟아 내는 아이들 사이에서 나혜가 조심스레 말을 꺼냈다.

"내가 만들어 볼까?"

아이들의 시선이 단번에 나혜에게 꽂혔다. 나혜는 마른 입술에

침을 축였다. 이전부터 혼자서만 품어 왔던 생각을 드디어 친구들 앞에서 꺼낼 기회가 왔다고 생각했다.

"쿠키, 카스텔라, 치즈케이크, 브라우니, 머핀, 파운드케이크까지 만들 수 있어."

나혜는 랩배틀에 나선 힙합 가수처럼 빠르게 말을 토해 냈다. 말하고 나니 제 자랑을 늘어놓은 것 같아 얼굴이 뜨거워졌다.

"카페에 오븐이 없는데 빵은 어떻게 만들어?"

"집에서 만들어서 가져오면 돼."

아이들은 그동안 나혜가 만들어 준 다양한 먹거리들과 한결같이 훌륭했던 맛을 떠올리며 저도 모르게 군침을 삼켰다. 일단 나혜가 제일 자신 있어 하는 치즈케이크와 브라우니 두 가지를 시험 삼아 팔아 보기로 했다.

바로 다음 날 나혜는 치즈케이크와 브라우니를 한 판씩 만들어 왔다. 파리바게트에서 파는 홀 케이크처럼 크고 묵직했다. 아이들은 치즈케이크와 브라우니를 커다랗게 잘라 먹고 카페에 놀러 온 수연이에게도 나누어 주었다.

"진짜 맛있다. 맛이 엄청 진해. 재료도 많이 썼을 것 같은데. 재료값 얼마나 들었어?"

민서는 입술을 새까맣게 물들인 초콜릿을 냅킨으로 닦으며 물었다. 나혜는 고개를 저었다.

"돈 안 썼어. 전부 집에 있는 재료로 만들었으니까."

"무슨 재료로 만들었는데?"

이어지는 정이의 질문에 나혜는 눈동자를 굴리며 기억을 헤집어 보았다.

"음…… 밀가루 조금, 계란 네 개, 아니 다섯 개. 크림치즈, 다크 초콜릿, 설탕, 우유, 버터…… 아, 소금 한 꼬집."

영진이 질문했다.

"치즈케이크랑 브라우니는 들어가는 재료가 다르지 않아? 너만의 레시피가 있을 거 아냐. 어떤 재료가 몇 그램씩 들어갔는지 알아야 그걸 바탕으로 케이크 값을 정할 수 있으니까 알려 줘야 해."

"어, 음…… 그게 있잖아. 매번 만들 때마다 재료 양이랑 비율이 달라지거든. 지난번에 만들었던 케이크가 조금 덜 달았던 것 같으면 이번에는 설탕을 조금 더 넣는 식으로 만들었어."

"눈대중으로 만들었다는 거네. 앞으로는 재료 양을 최대한 일정하게 넣어 줘. 알았지?"

영진의 당부에 나혜는 멍하니 고개만 끄덕였다. 지금껏 한 번도 스스로 만든 음식을 돈 받고 판다는 생각을 해 본 적이 없었다. 나혜네 집 살림은 넉넉하다고는 할 수 없었지만 먹을 것만큼은 항상 넉넉했다. 식자재 공장에서 일하는 나혜 아빠는 틈틈이 공장에서 남는 채소며 과일을 한 아름씩 집에 가져왔고 나혜 엄마는 아빠가 가져온 식재료로 김치와 밑반찬을 만들어 친척과 이웃들에게 나누어 주었다. 그러면 이웃들도 먹을 것을 보내 줘서 결과적으로 나혜네 집에 먹거리가 떨어지는 날은 없게 되었다. 늘 넘쳐 나는 먹거리를 남과 나누는 건 나혜에게는 당연한 일이었던 것이다.

"케이크는 얼마 받아야 해? 커피처럼 천 원 받으면 될까?"

나혜의 질문에 아이들은 포크를 입에 문 채 일제히 고개를 가로저었다.

"안 돼! 너무 싸."

"괜히 비싸게 팔았다가 아무도 안 사 먹으면 어떡해."

나혜의 걱정을 알아챈 영진이 부드럽게 말했다.

"부담스러우면 그냥 안 만들어도 돼."

정이와 민서도 말했다.

"그래. 힘들 것 같으면 하지 마. 재미있자고 하는 일인데 억지로 할 필요 없잖아."

나혜는 잠시 고민하다 고개를 가로저었다.

"아냐. 괜찮아. 안 힘들어. 아니…… 사실은 힘들 것 같지만. 그래도 해 보고 싶어."

정이가 입 안 가득 우물거리던 브라우니를 꿀떡 삼키며 말했다.

"나도 집에서 커피 내리는 연습할 때 너무 힘들어서 다 때려치우고 싶었는데, 막상 손님들이 커피 맛있다고 해 주니까 힘들었던 기억이 다 사라지더라. 그렇게 뿌듯한 기분은 태어나서 처음이었어."

나혜는 고개를 끄덕이며 중얼거렸다.

"그래, 나도 한 번쯤 그런 기분을 느껴 보고 싶어."

그날 밤 나혜는 영진이 말한 대로 케이크 레시피를 통일했다. 아이들은 나혜가 공책에 적어 온 내용을 토대로 가격을 정했다. 치즈케이크는 3000원, 브라우니는 2500원. 이번에도 민서가 홍보 사진을 뚝딱 만들어 인스타그램에 올렸다. '오리지널 수제 디저트 판매 시작!' 사람들이 누르고 가는 '좋아요'의 숫자가 평소보다 조금씩 늘고 있었다.

목청이 어마어마하게 큰 2학년 손님 셋이 계산을 마치고 나갔다. 테이블을 정리하러 간 민서는 오만상을 찌푸렸다. 테이블은 화장품 파우더 가루, 코 푼 휴지, 사방에 흘려 놓은 커피 자국까지 뒤엉켜 말도 못 하게 지저분했다. 바닥에는 구겨진 과자 봉지까지 당당하게 떨어져 있었다.

"아, 진짜 매너 개똥 같네. 디저트도 파는데 왜 자꾸 이러는 거야? 우리도 '외부 음식 반입 금지'라고 써 붙여 놔야 하는 거 아냐?"

혼잣말로 툴툴거리며 행주로 테이블을 훔치던 민서는 어쩐지 석연치 않은 기색을 느끼고 손을 멈추었다. 분명히 아까 나간 손님들이 주문했던 메뉴는 아이스 아메리카노 둘, 따뜻한 아메리카노 하나였다. 찬 음료가 두 잔이니 코스터도 두 장 내 주었을 텐데, 테이블 위에는 코스터가 한 장밖에 보이지 않았다. 떨어트렸나 싶어 바닥을 살폈지만 보이지 않았다. 민서는 황급히 친구들에게 물어보았다.

"방금 나간 애들한테 누가 서빙했어?"

나혜는 설거지를 하느라 건성으로 대답했다.

"나는 아냐."

정이는 커피를 내리느라 서빙을 하지 않았고, 남은 사람은 영진뿐이었다. 영진은 손님들에게 받은 돈을 꼼꼼하게 세어 보고 공용파우치에 넣은 뒤 스마트폰 메모장 어플에 매출액을 적어 넣느라 바빴다.

"영진아, 방금 나간 애들 세 명한테 서빙하면서 코스터도 깔아 줬어?"

"코스터? 당연히 깔아 줬지."

"두 장 준 거 확실해?"

"당연하지."

영진은 얘가 갑자기 왜 이러나, 하는 표정을 지으며 고개를 끄덕였다. 하긴, 영진이는 우리 넷 중에서 제일 빈틈없는 성격이니까…… 그럼 대체 이게 무슨 일이지? 민서는 초조해서 어쩔 줄 몰랐다. 영진은 하던 일을 멈추고 되물었다.

"왜 그러는데?"

"테이블 치우면서 보니까 코스터가 하나밖에 없어. 이상해."

"다 쓴 코스터는 항상 냉장고 위에 놔두잖아. 냉장고 위는 살펴

봤어?"

정이가 민서 대신 냉장고 위를 확인해 보더니 소리쳤다.

"헐. 코스터가 한 장밖에 없어."

나혜도 설거지를 그만두고 달려왔다. 민서가 카페에 가져온 코스터는 분명 네 장이었다. 그중에서 두 장이나 사라진 것이다. 나혜는 싱크대와 설거지 바구니에 담겨 있는 식기들을 잽싸게 세어 보더니 혀를 내둘렀다.

"머들러도 하나밖에 없어. 포크도 한 개 모자라고……. 어? 꽃무늬 찻잔 받침도 한 개 없어졌다!"

모두 망연자실해졌다. 아끼는 코스터와 머들러를 한꺼번에 잃어버린 민서는 울상이 되었다.

"뭐야. 내 코스터랑 머들러는 한정판이라서 이제 구할 수도 없단 말이야."

"찻잔을 가져가는 것도 아니고, 받침 접시만 가져가는 심보는 뭐야? 그것만 갖고 뭘 어쩌겠다고."

코스터, 머들러와 함께 사라진 찻잔 받침 접시는 영진이 엄마 몰래 집에서 가져온 것으로 꽃송이와 산딸기가 섬세하게 그려진 외국산 제품이었다. 엄마가 시집올 때 혼수로 가져왔다던가. 귀한 접시가 없어진 사실을 엄마가 알면 어찌될까 상상하니 등골이 서늘해졌다.

"원래 진짜 카페에서도 예쁜 그릇이나 식기를 몰래 훔쳐가는 손님들이 장난 아니게 많대. 소파가 있는 카페에서는 쿠션까지 들고 간다더라."

나혜의 말에 민서가 기막혀 했다.

"우리 학교 애들 중에 도둑이 있단 말이야?"

영진은 냉정한 표정으로 말했다.

"없으라는 법은 없지. 실제로 우리 물건이 없어졌으니까."

아이들은 카페 공장을 시작하고 처음으로 가슴속이 싸늘하게 얼어붙는 불안을 느꼈다. 손님 중에 도둑이 있다. 모두 카페를 위해 십시일반 모은 물건, 부모님 몰래 가지고 온 세상에 하나뿐인 소중한 물건들을 훔쳐 가는 무례하고 불쾌한 좀도둑이.

"지키는 사람이 넷이나 있는데 어떻게 몰래 가져갔을까? 혹시 우리가 집에 가고 난 다음에 몰래 들어와서 훔쳐간 게 아닐까?"

"……설마."

닭살이 돋는 것 같아 민서는 제 팔뚝을 벅벅 긁었다. 영진은 심각한 눈빛으로 가게 안을 휘 둘러보며 말했다.

"조심해야겠다."

"어떻게 조심해? 이제부터 눈 부릅뜨고 감시해야 하나? 일하다 보면 그럴 정신이 없는데……."

나혜는 반쯤 열려 있는 미닫이문을 가리키며 말했다.

"우선 문단속부터 해야 하지 않을까? 앞문이랑 뒷문 둘 다."

나혜 말을 듣고서야 아이들은 그동안 카페 공장이 반쯤 개방 상태였다는 사실을 깨달았다. 뒷문은 버튼식 손잡이라서 간단히 잠글 수 있지만 앞문은 아이들이 처음 카페 공장을 발견했던 때처럼 누구나 여닫을 수 있었다. 나혜는 그동안 친구들에게 이 문제를 지적할지 말지 혼자 고민하던 참이었다. 허술한 문단속을 걱정하면서도 언제나 활짝 열려 있는 자기 집 대문을 생각하면 굳이 그렇게까지 할 필요가 있을까 하는 생각이 들었다. 대문은 물론이요 현관문까지 열어젖히고 지내는 건 오동면에서 당연한 일이었다.

정이는 후다닥 앞문을 닫은 뒤 나혜가 망설였던 이야기를 대신했다.

"앞문에 자물쇠부터 달자."

아이들은 다 같이 고개를 끄덕였다. 앞문에는 자물쇠를 달고, 민서의 제안으로 테이블마다 '카페 공장의 소중한 재산을 함부로 가져가지 마세요!'라는 당부의 글을 써 놓기로 했다. 민서네 집 작은 방 책꽂이 위에는 먼지가 뿌옇게 내려앉은 구두 상자가 있었는데 그 안에는 엄마가 모아 놓은 엽서와 카드들이 가득했다. 그중 빈 엽서를 골라 당부의 글을 써서 다이소에서 파는 클립형 스탠드에 끼워 테이블에 하나씩 올려 둘 작정이었다. 예쁜 엽서에 쓰면 인테리어 효과도 나고, 손님들도 한 번쯤 더 눈길을 줄 거라는 생각이었다.

다음 날 정이가 마당 창고에서 튼튼하고 묵직한 자물쇠를 가져와 미닫이문에 달았다. 두 벌의 열쇠 중 하나는 예비용으로 영진이 보관하고 나머지 하나는 넷이서 같이 관리하기로 했다. 민서가 써 온 엽서도 테이블에 하나씩 올려놓았다. 달아나 버린 도둑을 잡을 수는 없는 노릇이지만 최소한 양심의 가책은 느끼길 바라면서.

미처 하루도 지나기 전에 아이들은 씁쓸한 현실과 맞닥뜨려야만 했다. 카페 문을 닫고 마무리를 하던 아이들은 경악했다. 아침에 올려놓은 엽서 네 장 중 두 장이 없어진 거였다. 그중 하나는 클립형 스탠드까지 함께 사라졌다.

"와, 인간애 소멸······."

"소멸이 다 뭐야. 인간 혐오에 빠지겠다."

물건을 훔치지 말라고 써 놓은 경고문을 훔쳐 가다니, 무슨 파렴치한인지. 아이들이 분노와 실망에 차서 욕을 하는 동안 정이는 휴가철마다 출몰하는 서리꾼들 때문에 밤낮없이 인삼밭을 지키는 집안 어른들을 떠올렸다. 할아버지의 결단으로 수만 평에 달하는 정이네 인삼밭 곳곳에는 고화질 CCTV가 여러 대 설치되었고, 거실에 둔 컴퓨터 모니터 앞에서 교대로 화면을 감시하는 것이 중요한 일과가 되었다. 일손 바쁜 농사철에는 정이가 어른들을 대신해 화면을 지켜볼 때도 있었다.

정이네 할아버지는 '세상에 내 식구들 말고는 전부 날강도요, 도둑놈이다'라는 말을 입에 달고 살았다. 영진과 나혜와 민서는 세상에 둘도 없는 단짝들이니까 당연히 '내 식구'일 테다. 하지만 손님들은? 친하지 않은 남남이니까 전부 날강도, 도둑놈으로 치면 되나? 같은 학교 아이들을 그런 눈으로 보는 게 올바른 일일까? 하지만 내 식구들을 지키기 위해서는 어쩔 수 없는 일인지도 모른다. 생각을 정리한 정이가 배에 힘을 주고 외쳤다.

"우리도 CCTV 달자!"

영진은 놀라 되물었다.

"CCTV를 달자고? 어떻게? 그거 비싸지 않아?"

"깡통으로 달면 돼."

"깡통?"

어리둥절해하는 아이들에게 정이는 오빠에게 주워들은 지식을 풀어놓았다. 음식점이나 카페에 설치된 CCTV 중에는 실제로는 감시용 모니터에 연결되어 있지 않은 속칭 '깡통' 카메라들도 많이 있다는 이야기였다. '도둑이 제 발 저린다'는 옛말처럼 깡통 카메라를 달아 놓기만 해도 나쁜 짓을 방지하는 효과가 있다는 이론은 그럴싸했다. 며칠 뒤 아이들은 무엇이든 다 있는 정이네 창고에서 가져온 CCTV 카메라를 가게 한구석에 달았다. 로봇처럼 고개를 숙이고 아이들을 굽어보는 CCTV는 제법 든든했다. 실제로는 작동하지 않는 CCTV가 정말로 효력을 발휘했는지, 그날부터는 포크도 컵 받침도 사라지지 않았다.

카페 공장이 문을 연 지 한 달이 지났다. 그동안 손님은 눈에 띄게 늘어났다. 오동 고등학교 아이들은 물론 주말에 버스를 타고 찾아오는 칠동 고등학교 아이들도 있었다. 단골손님들도 생겼다. 특히 커플들에게 카페 공장은 엄청난 인기를 끌었다. 집에 일찍 가기 싫어하는 커플 손님들을 위해 카페 문 닫는 시간을 조금 늦추어 줄 때도 있었다. 여느 카페의 손님들이 그러하듯 카페 공장을 찾은 손님들도 수다를 떨고, 데이트를 하고, 공부와 독서를 했다.

손님들의 대다수는 군말 없이 현금을 지불했지만 인터넷뱅킹으로 계좌이체를 하거나 기프티콘으로 계산을 대신하기도 했다. 아이들은 처음에는 기프티콘을 받아 주다가 그런 손님이 걷잡을 수 없이 많아지는 바람에 무조건 현금이나 계좌이체만 받기로 정했다. 영진이는 돈이 들어오고 나간 내역을 정확하게 기록하려고 유튜브에서 엑셀 강의를 찾아 배우기 시작했다.

한번은 소문을 들은 1학년 담임선생님이 카페에 찾아온 적도 있었다. 모두 놀라 우물쭈물하는 가운데 영진이 나섰다. 영진은 임기응변을 발휘해 카페 공장은 K시에 사는 둘째 큰어머니께서 차린 곳이며 사회생활을 배우려고 베프들이랑 알바를 하는 중이라고 둘러댔다. 실제로 영진네 둘째 큰어머니는 K시에 살았고, 지난 설날에는 프랜차이즈 카페 사업을 해 볼까 고민 중이라는 이야기도 한 적이 있었다. 약간의 진실이 담기면 거짓말이 더욱 그럴싸해지고 거짓말할 때의 죄책감도 덜어지는 법이었다.

지난해 처음 부임해 온 젊고 명랑한 선생님은 늘 전교 1등을 도맡는 영진의 말을 의심하지 않았다. 선생님은 시스템에 문제가 생겨 카드 결제가 안 된다는 말까지 고스란히 믿었고 커피 맛을 칭찬해 주기까지 했다. 영진은 선생님 앞에서 거짓말을 술술 늘어놓은 자신에게 죄책감을 느끼면서도 카페 공장이 진짜 어른이 운영하는 카페라고 해도 믿어 줄 만큼 그럴싸해 보인다는 사실을 뿌듯하게 여겼다.

카페에는 고양이 손님도 생겼다. 언제부터인가 뒷문 근처에서 어슬렁거리던 새까맣고 비쩍 마른 새끼 고양이는 아이들보다 손님들이 먼저 발견했다. 나혜가 집에서 고양이용 간식을 가져와 밥그릇에 담아 뒷문 앞에 놓아두자 찾아오는 길고양이들이 순식간에 네 마리로 늘어났다. 크기가 엇비슷한 것을 보니 다 한배에서 난 형제들 같았다. 아이들은 고양이 네 형제의 까맣고 노란 털 빛깔에 맞추어 아메, 라테, 초코, 우유라는 이름을 붙이고 돌아가며 사료와 간식을 챙겨 주었다. 라테와 우유는 경계심이 많았지만 아메와 초코는 넉살이 좋아 간식을 줄 때마다 다리에 머리를 부비며 애교를 부렸다. 아이들은 인스타그램에 열심히 고양이 사진을 찍어 올렸다. 고양이 사진에는 음료와 카페 사진보다 훨씬 많은 '좋아요'가 달렸다.

'테이크아웃 서비스'를 원하는 손님들이 생겼다. 아이들은 인터넷에서 일회용 플라스틱 컵을 주문해 포장 판매를 시작했다. 나혜의 디저트는 생각만큼 잘 팔리지 않았다. 방부제를 넣지 않은 케이크는 며칠 지나지 않아 시퍼런 곰팡이가 피었다. 냉장고에 넣어 놓아도 한계가 있었다. 민서가 손님들의 눈에 잘 띄도록 카페 문 밖에 의자를 하나 놓고 제일 예쁜 접시에 케이크를 담아 올려 두자는 의견을 냈다. 효과가 있는지 디저트가 조금씩 팔리기 시작했다. 특히 브라우니는 모자라서 팔지 못하는 날도 있었다.

깡통 CCTV를 달아 놓고 한동안 잠잠했던 좀도둑이 다시 설치기 시작했다. 또 한 개의 포크가 사라진 것이었다. 예전의 좀도둑이 다시 활동을 재개했는지 새로운 도둑이 나타났는지는 알 길이 없었다. 아이들은 어쩔 수 없이 일회용 플라스틱 포크를 쓰기로 했다. 도둑들 때문에 쓸데없는 돈이 나간다고 모두 분을 터트렸다. 인테리어 용도로 벽에 붙여 놓은 그림엽서 중 눈에 띄게 예쁜 것들이 사라질 때도 있었다.

카페 공장 인스타그램의 팔로워는 121명까지 늘어났다. 오동 고등학교 전교생 대부분이 카페 공장을 팔로우하는 셈이었다. 인스타그램은 자연스레 손님들의 의견을 접수하는 창구 역할을 했다. 한번은 3학년 언니가 카페에서 음악을 듣고 싶다는 댓글을 달았는데, 그 댓글에는 '좋아요'가 열 개 넘게 눌렸다. 민서가 집에서 아빠가 한참 전에 사 놓고 쓰지 않는 휴대용 블루투스 스피커를 가져왔고, 유튜브로 아이들 사이에서 인기 있는 케이팝을 틀었다.

추석이 지나고 오동 고등학교 아이들은 서울에 있는 명문 대학교로 현장학습을 떠났다. 네 아이들의 관심사는 대학보다는 대학가에 즐비한 카페들이었다. 아이들은 조금이라도 예쁘고 특이해 보이는 카페가 보였다 하면 냉큼 들어가 사진을 찍고 나왔다. 물론 카페 공장의 참고 자료로 삼기 위해서였다. 아이들은 자료 사진을 단톡방에 올려놓고 어떻게 하면 이런 카페들처럼, 혹은 이런 카페들보다 더 멋지게 카페 공장을 꾸밀 수 있을지를 연구했다.

다음 날 학교에 나온 민서는 가방에서 클리어 파일을 꺼내 보여 주었다. 파일에는 그림엽서와 캐릭터 스티커 여러 장이 들어 있었다. 정이가 엽서를 꺼내 구경하며 물었다.

"이게 다 뭐야? 어제 서울에서 사 온 거야?"

"아니. 어제 우리 두 번째로 들어갔던 카페 기억나? 거기에서 가져왔어. 공짜로 가져가라고 놔뒀길래."

"아하. 우리 카페 벽에 붙이려고 챙긴 거지?"

민서는 엽서를 만지작거리며 중얼거렸다.

"음. 그것보다는…… 나도 이런 거 한번 만들어 볼까, 하고."

"진짜?"

"그냥 혼자 생각만 해 본 거야."

"에이, 빼지 말고."

아이들이 채근했다. 부끄러워진 민서는 손끝으로 어깨 위로 늘어진 긴 머리카락을 연신 잡아당기며 변명하듯 말했다.

"좀도둑들이 인테리어용 엽서 자꾸 훔쳐 가니까 짜증나고 아깝기도 해서. 내가 직접 엽서 만들면 애들이 훔쳐 가도 원본 파일을 프린트해서 다시 붙이면 그만이니까. 마침 프린터도 우리 집에 있고⋯⋯."

나혜는 감동에 차서 말했다.

"민서 멋있다. 디자이너 같아."

정이도 맞장구를 쳤다.

"그럼, 민서가 우리 디자이너 맞지. 간판이랑 메뉴판도 민서가 디자인했잖아."

영진이 웃으며 정이에게 되물었다.

"너는 바리스타고?"

"그렇지. 나혜는 쉐프님이고, 영진이는 매니저님이고."

아이들은 손뼉을 치며 깔깔거렸다. 친구들의 응원에 용기를 얻은 민서는 그날 바로 엽서 디자인을 시작했다. 예전에 찍어 둔 풍경 사진들을 참고해 도화지에 색연필과 사인펜으로 그림을 그렸다. 그 다음 사진을 찍어 포토샵으로 편집한 뒤 아래쪽에 '카페, 공장' 이름과 인스타그램 계정 주소를 작은 글씨로 적어 넣었다. 인터넷에서 산 컬러 인쇄 전용지에 프린트하고 칼로 잘라 놓으니 흠잡을 데 없는 엽서가 완성되었다.

"우와! 예쁘다. 특이해. 어떻게 이런 걸 만들었어?"

아이들은 감탄을 아끼지 않으며 민서가 만든 엽서를 카페 벽에 붙여 나갔다. 민서는 엄마의 오래된 그림엽서들 틈에 어색하게 끼어 있는 새 엽서들을 바라보며 만일 자기가 디자인한 엽서를 아무도 안 훔쳐 가면 정말 비참해질 것 같다고 생각했다. 그동안 관찰한 바 엽서 도둑은 나름대로 취향이 있었다. 여러 엽서들 중 특이하고 예뻐 보이는 것만 쏙쏙 골라서 훔쳐 갔으니까. 아니나 다를까 이틀도 지나기 전에 민서가 만든 엽서 중 한 장이 사라졌다. 지칠 줄 모르는 좀도둑에게 욕을 퍼붓는 단짝들을 바라보며 민서는 마음속으로 슬며시 웃었다.

일요일 오후, 일찌감치 점심을 먹은 영진은 제일 먼저 카페 공장으로 갔다. 매번 카페에 제일 일찍 도착해 문을 여는 아이는 언제나 영진 아니면 나혜였다. 정이랑 민서는 언제쯤이면 알아서 일찍 올까? 나혜는 늦으면 늦는다고 단톡방에 미리 알려 주는데, 이것들은 언제나 말도 없이 늦는다니까.

영진은 오늘따라 기분이 영 좋지 않았다. 생리 기간이 다가오기도 했지만 일요일 아침 댓바람부터 아빠가 동생 영준에게 화를 내는 바람에 늦잠을 못 잔 탓도 있었다. 중학생인 영준은 누나 영진만큼 공부를 잘하지 못했다. 공부 잘하는 딸을 보며 예뻐 죽으려 하는 아빠는 아들만 보면 입가를 비집고 나오는 한숨과 뻣뻣해지는 목덜미를 타고 올라오는 울화를 참지 못해 고함을 질렀다.

영준을 육군사관학교에 보내 장교를 만드는 게 아빠의 평생소원인데 영준의 성적은 밑바닥에서 요지부동이었다. 엄마가 차를 몰고 멀리 K시에 있는 학원까지 영준을 실어 날랐지만 소용이 없었다. 논리적으로 따져 보면 학원을 보내도 공부 못하는 영준보다 학원 안 다니고도 공부 잘하는 영진이 사관학교에 합격해 장교로 임관할 확률이 훨씬 높았다. 그러나 고지식한 아빠는 딸도 군인이 될 수 있다는 가능성은 생각하지 않았다.

뭐, 딱히 영진에게도 군인이 되고픈 마음은 없었다. 아빠는 무례하고 멍청한 부대 간부들을 욕하면서도 나라 지키는 군인이 얼마나 위대한 직업인지를 설파했고, 엄마는 평생 군인 연금을 받을 수 있는 게 얼마나 좋은 일인지 귀가 닳도록 이야기했다. 아기 적부터 군인이 최고라는 이야기만 듣고 자랐더니 지긋지긋했다. 칠동면 롯데리아에 우글거리는 군인들의 풀 죽은 얼굴을 보면 사관학교 입시에 미끄러져 사병으로 입대해 아빠에게 욕먹을 영준의 미래가 겹쳐 보여서 씁쓸한 기분이 들고는 했다.

영진은 진공청소기를 연결했다. 서두르다가 전깃줄에 발목이 걸리는 바람에 하마터면 얼굴부터 곤두박질칠 뻔했다. 넘어지기 일보 직전에 간신히 벽을 짚고 균형을 잡은 영진은 짜증이 확 돋았다. 먼저 카페에 온 사람이 자연스레 청소를 시작하니 항상 나랑 나혜 둘이서만 청소를 도맡아 하게 되잖아.

단짝 사이에도 미처 모른 채 지냈던 기질과 습관들이 카페에서 일하다 보니 두드러졌다. 놀 때는 눈감아 주었던 것들이 일일이 신경을 긁고 뒤끝을 남겼다. 단톡방에서 서로에게 쌓인 불만을 토

로할 때도 있었지만 문제점이 고쳐지는 일은 드물었다. 친구 사이와 동료 사이의 차이라는 걸까?

툴툴거리며 진공청소기를 밀고 있는데 환기하려고 열어 놓은 미닫이문 너머로 낯선 냄새가 풍겨 왔다. 영진은 손을 멈추고 콧구멍을 벌름거렸다. 처음에는 착각인가 했는데 아니었다. 이 기분 나쁜 냄새는 영진이 세상에서 제일 싫어하는 담배 냄새였다.

영진은 밖으로 나가 보았다. 경찰 탐지견마냥 담배 냄새를 따라갔더니 카페 건물 오른편에 면해 있는 옆 건물의 차고처럼 뻥 뚫린 1층 공간에 처음 보는 남자아이 셋이 쪼그려 앉아 담배를 피우고 있었다. 영진이는 저도 모르게 목소리를 높였다.

"너희 뭐야?"

희뿌연 연기 속에서 남자아이들이 눈을 희번덕였다.

"뭐야. 너 지금 말 깠냐?"

영진은 식겁했지만 할 말은 해야 한다는 각오로 용기를 냈다.

"죄송한데요. 여기서 담배 피우시면 안 돼요."

키 큰 남자아이 하나가 대답 대신 영진 쪽으로 탁 소리 나게 침을 뱉었다. 키 큰 남학생 곁에 쪼그려 앉아 있던 뚱뚱한 남자아이가 힘겹게 몸을 일으키더니 영진에게로 다가왔다. 씨름 선수처럼 생긴 남자아이의 덩치는 영진의 두 배가 훌쩍 넘어 보였다. 남자아이는 자기가 영화에 나오는 건달이라도 되는 양 거들먹거리며 영진에게 되물었다.

"왜 안 되는데?"

기가 막혔다. 왜 안 되냐니, 그걸 말이라고 해? 척 봐도 고등학생 같은데? 그러나 이치를 따져 묻는 말은 영진의 입 속에서만 맴돌 뿐이었다.

"여긴 금연인데요."

주춤거리며 대답하자 남자아이들은 웃음을 터뜨리며 빈정거렸다.

"네가 뭔데? 여기 건물주야? 못생긴 게."

영진은 숨이 턱 막히도록 화가 났다. 못생겨? 너희 거울은 보고 사냐? 마음 같아서는 욕을 퍼붓고 싶었지만 그랬다가는 무슨 보복을 당할지 몰랐다. 영진은 분을 억누르며 카페로 도망쳐 들어왔다. 불안한 마음에 친구들에게 언제쯤 도착하냐고 연거푸 카톡을 보냈다. 다행히 남자아이들은 시시덕거리다 어디론가 가 버렸다. 더러운 가래침 자국과 담배꽁초를 영역표시하듯 남겨 놓은 채.

그대로 영원히 사라져 주었으면 좋으련만 불청객들은 다음 날 저녁에도 모습을 드러냈다. 며칠 뒤에는 여자아이들도 합류했다. 비어 있는 옆 건물을 자기들 아지트로 점찍은 모양이었다. 불청객들은 카페에 들어와 시비를 걸지는 않았지만 척 봐도 노는 티 나는 아이들 여럿이 바로 옆 건물에서 담배를 피우고 큰 소리로 떠들어대니 카페 손님들도 마음 편하게 있기 힘들었다. 문틈으로 흘러들어 오는 담배 냄새가 심기를 거스르는 건 덤이었다. 한번은 문밖 테이블에 홍보용으로 올려놓은 케이크를 몰래 훔쳐 먹은 적도 있었다.

견디다 못한 아이들이 커다란 종이에 '금연'이라고 써서 건물 외벽에 붙여 놓았지만 소용없었다. 마구잡이로 버린 담배꽁초와 빈 컵라면 용기며 나무젓가락 따위가 카페 앞마당까지 굴러드는 건 예삿일이었다. 골칫덩이들이 쓰레기를 치우고 간 적은 한 번도 없었다. 옆집이 비어 있을 때 가서 안을 들여다봤더니 쓰레기장이 따로 없었다.

최소한 카페 문이 열려 있는 동안만이라도 담배를 피우지 말아 달라고 찾아가서 부탁해 보기도 했지만 그들은 안하무인으로 나올 뿐이었다. 네 경영자들은 이 문제를 심각하게 받아들이지 않을 수 없었다.

"가끔 커피라도 사 주면서 저러면 또 몰라. 지금까지 한 잔도 안 사 마신 거 알지?"

"커피는 무슨. 그저께는 소주 마시고 갔잖아. 술 마시면서 밤 샜나 봐. 나 늦어서 뛰어오다가 깨진 병 조각 밟았어. 극혐이야."

아이들은 오늘도 야생동물들처럼 시끄럽게 소리 지르는 민폐 집단을 원망스레 노려보았다. 골칫덩이들의 행패는 갈수록 태산이었다. 술에 취해서 그랬는지 카페 공장의 간판을 떼어 바닥에 팽개쳐 놓은 적도 있었다. 싫기도 싫었지만 무서웠다. 가로등 하나 없이 외따로 떨어진 이곳에서는 밤새 무슨 일이 벌어진다 해도 알

길이 없었다. 카페의 CCTV는 깡통이므로.

"우리도 쟤네랑 한데 싸잡히면 어떡해?"

민서의 걱정에 아이들의 모골이 송연해졌다. 시골의 방황하는 아이들은 어른들의 눈이 닿지 않는 사각지대를 찾아 여기저기 몰려다녔다. 개중에는 고등학교를 자퇴하고 일없이 겉도는 아이들도 있었다. 어른들 일자리도 씨가 말라 가는 마당에 십 대 몫의 일자리가 남아 있을 리 없었다. 들개 떼처럼 몰려다니는 아이들은 동네 어른들도 손대지 못했다.

몇 년 전에는 혼자 외박 나온 군인에게 노는 남자아이들 여럿이 시비를 걸었다가 갈비뼈가 부러지는 큰 싸움이 벌어졌다. 다친 쪽은 군인이었고 그 사건 때문에 한동안 동네 주민과 군부대 사이에 팽팽한 신경전이 벌어졌다.

재작년에는 칠동 고등학교 다니는 여자아이가 성폭행을 당했는데, 가해자의 아빠가 칠동면 파출소장이랑 친해서 그 사건은 소리 없이 묻혔다. 동네 할머니들은 칠동면에는 군인들이 많이 돌아다니는 탓에 계집애들이 발랑 까진 거라고 혀를 찼다.

그러니까, 이런 분위기에서 여고생들이 골칫덩이 남자애들과 한통속 취급을 받는다는 건 결코 있어서는 안 될 일이었다. 저 녀석들하고 엮이면 발랑 까진 계집애들이라고 온 동네에 소문이 날게 불 보듯 뻔했다.

민폐 집단 때문에 손님들도 발길을 끊었고 매일 뒷문으로 찾아오던 길고양이 네 형제도 요 며칠 코빼기도 비추지 않았다. 한번은 골칫덩이 하나가 도망치는 고양이를 향해 불붙은 담배꽁초를 집어던지는 걸 때마침 화장실에 다녀오던 정이가 보고 말았다. 고함지르며 달려드는 정이에게 골칫덩이들은 적반하장으로 손찌검까지 하려 들었다. 세 아이들이 다 같이 뛰어나오고 때마침 카페에 와 있던 1학년 커플 손님이 합세해 뜯어말려서 겨우 싸움이 커지지는 않았지만 그날은 모두 분해서 잠을 이루지 못했다.

"저것들 또 시작이다."

살짝 나가서 옆집 불청객들의 동태를 살피고 온 나혜가 고개를 설레설레 저었다. 몇 분 전까지만 해도 싸울 기세로 욕설을 주고받던 커플이 이제는 서로 몸이 부서지도록 끌어안고 있었다. 가지가지 하는 녀석들이었다.

"정아, 너네 오빠한테 저것들 쫓아 달라고 하면 안 돼?"

민서가 간청했다. 정이는 이마를 잔뜩 찡그렸다.

"으…… 또 유똘 신세 지기 싫은데."

"우리끼리는 도저히 어떻게 할 수가 없잖아."

한참을 고민하던 정이는 영진에게 물었다.

"있잖아…… 우리 돈 좀 쓸 수 있어?"

"돈? 무슨 돈?"

"용역비."

진지한 얼굴로 말하는 정이 앞에서 세 아이들은 얼빠진 표정을 지었다.

다음 날 아이들은 카페에 앉아 오매불망 현이를 기다렸다. 서쪽 하늘은 이미 불그스레해지기 시작했는데 현이는 아직도 감감무소식이었다. 꼴 보기 싫은 이웃들은 오늘도 어김없이 담배 연기를 뿜어내고 있었다. 오늘은 손님이 한 명도 오지 않았다. 날이 흐리고 미세먼지도 심한 탓이라고 믿고 싶지만 원인은 분명했다. 저빌어먹을 녀석들 때문이었다.

"너희 오빠는 언제쯤 온대?"

영진이 불안해하며 정이에게 물었다.

"안 그래도 지금 톡 보내고 있어. 아, 씨. 6시까지 온다고 그랬는데."

정이는 '읽씹' 상태에 머물러 있는 현이와의 카톡 창을 초조하게 노려보았다. 멀찍이서 자동차 소리가 들려왔다. 아이들은 벌떡 일어나 밖으로 뛰어나갔다. 카페 앞길에 현이의 아반떼 자동차가 멈추어 섰다. 현이는 차창 밖으로 고개를 내밀어 옆집의 민폐 무리들을 흘끔 보고 물었다.

"저것들이야?"

정이가 고개를 끄덕이자마자 현이는 별안간 차를 급하게 후진했다. 자동차는 카페 옆 건물 1층을 겨냥해 자세를 잡더니 건물을 들이받을 기세로 사정없는 급발진을 했다. 1층에 모여 있던 남자

아이들은 갑자기 덮쳐드는 자동차를 보고 혼비백산해서 뿔뿔이 흩어져 달아났다. 차는 건물 1층 안쪽 벽과 채 반 뼘도 되지 않는 거리에서 멈추어 섰다. 소주병과 맥주 캔들이 타이어에 치어 멀리 날아가고 누런 흙먼지와 배기가스 냄새가 사방에 진동했다.

남자아이들은 오솔길 이곳저곳에 나동그라진 채 얼이 빠져 있다가 겨우 정신을 차리고 차를 향해 고래고래 욕설을 해 댔다. 현이가 운전석에서 내리고 조수석에서 누군가가 따라 내렸다. 어둑어둑한 가운데 허옇고 커다란 덩어리가 보름달처럼 둥실 떠올랐다. 나혜가 눈을 가늘게 뜨며 중얼거렸다.

"누구야?"

정이는 입을 헤벌린 채 고개만 가로저었다. 현이와 함께 온 남자는 난생처음 보는 외국인이었다. 거꾸로 눌러 쓴 야구모자 밑으로 억새처럼 샛노란 머리털이 삐죽삐죽 삐져나왔고 각진 턱에도 노란 염소수염이 돋아 있었다.

외국인은 춥지도 않은지 헐렁한 민소매 셔츠와 반바지만 걸치고 있었다. 아이들의 시선이 민소매 셔츠 밖으로 드러난 외국인의 팔뚝에 꽂혔다. 백지장처럼 창백하고 굵은 소시지처럼 두툼한 양팔에는 알록달록한 문신이 어깻죽지부터 팔목 근처까지 가득 그려져 있었다.

"우와! 무서워."

민서가 나혜의 등 뒤에 찰싹 달라붙으며 중얼거렸다. 남자아이들도 비슷한 두려움을 느끼는 모양이었다. 먼발치에서 씨근거리며 노려보기만 할 뿐 감히 덤벼들지는 못했다. 현이는 바지 뒷주머니에서 전자 담배를 꺼내 물며 남자아이들을 향해 일장 연설을 시작했다.

"이 새끼들, 어디서 담배를 피워? 대가리에 피도 안 마른 것들이. 부모님한테 그렇게 배웠냐?"

세상에서 부모님 말씀 안 듣기로 둘째 가라면 서러울 정이네 오빠가 부모님을 들먹이며 훈계하는 꼴을 보자니, 영진은 헛웃음이 터질 것만 같아 황급히 손바닥으로 입을 눌렀다. 옆에 선 정이는 이미 실실 웃고 있었다. 영진과는 달리 정말 통쾌해서 웃는 거였지만.

뚱뚱한 남자아이가 불만에 찬 표정으로 되물었다.

"형들이 여기 건물주예요?"

현이의 얼굴이 불독처럼 실룩거렸다.

"이게 씨발 쳐 돌았나. 씨발 놈의 새끼가 어디서 씨발 말대답이야?"

현이의 입에서 눈 깜짝할 사이 씨발 소리가 열 번도 넘게 흘러나오는 가운데, 외국인은 바지 주머니에 손을 넣은 채 나 몰라라 하는 태도로 카페 유리창을 구경하다가 염소처럼 느긋하게 걸어와 남자아이들 앞에 떡 버티고 섰다. 남자아이들은 긴장해서 얼굴이 굳었고 네 아이들도 덩달아 마른침을 삼켰다. 외국인의 양팔에 새겨진 화려한 문신이 위협적으로 실룩거렸다. 손을 찔러 넣은 바지 주머니 속에서 흉기라도 튀어나올 것 같았다.

리더 행세를 하는 키 큰 남자아이는 그나마 눈치가 빨랐다. 황급히 뚱뚱한 남자아이를 뒤로 밀어젖히며 현이와 외국인에게 고개 숙여 사과했다.

"죄송합니다."

현이는 눈을 부릅뜨며 경고했다.

"또 여기 왔다가는 너희 다 죽는다."

"네, 알겠습니다."

남자아이들은 차례로 꾸벅꾸벅 허리를 숙이며 물러났다. 현이는 골칫덩이들이 오솔길 저편으로 완전히 모습을 감출 때까지 자동차 옆에 서서 감시했다.

"오빠 완전 짱이다!"

손을 번쩍 들어 올리며 기뻐하는 정이를 향해 현이가 혀를 차며 내쏘았다.

"넌 이럴 때만 오빠라고 부르냐?"

정이는 듣는 둥 마는 둥 멀뚱히 선 외국인을 가리키며 물었다.

"근데 오빠 친구는 어느 나라 사람이야?"

외국인이 무뚝뚝하게 대답했다.

"나 한국 사람인데."

아이들은 어안이 벙벙해졌다. 현이가 엄지와 검지로 콧구멍에서 비어져 나온 털을 잡아 뜯으며 말했다.

"저 자식 저래 봬도 울 나라 사람이야. 그나저나 너희는 힘들게 일한 오빠들한테 커피 한 잔 말아 주는 예의도 없냐?"

아이들은 황급히 현이와 외국인처럼 생긴 한국인 오빠를 카페 안으로 모시고 아이스 아메리카노와 치즈케이크를 대접했다. 현이 친구의 이름은 진철이고 아빠는 한국인이며 엄마는 러시아 사람인, 아무튼 한국 사람이었다. 다섯 살 때부터 쭉 한국에서 산 탓에 러시아어는 다 잊어버렸다고 했다. 말 못 하고 죽은 귀신이라도 씌었는지 진철은 한 번 입이 트이자 무지하게 수다스러웠다.

자기의 꿈은 힙합 가수고 얼마 전부터 유튜브 방송을 시작했다는 둥, 물어보지도 않은 이야기를 늘어놓으며 아이들에게 자기 유튜브 채널을 보여 주고 구독과 좋아요를 요구했다. 아이들은 진철이 방송에서 너무 허세를 부려서 별로라고 생각했지만 도와준 걸 생각해서 시키는 대로 구독을 해 주었다.

십 분 만에 치즈케이크 네 조각과 아이스 아메리카노 세 잔을 먹어 치운 두 오빠는 엉덩이를 털며 일어났다. 영진이 아이들을 대표해 감사 인사를 했다.

"도와주셔서 고맙습니다."

현이는 잔뜩 거드름 피우는 태도로 말했다.

"고맙긴. 그나저나 오늘 일당 5만 원이다."

영진은 귀를 의심했다. 저도 모르게 목소리가 두 옥타브는 높아졌다.

"네? 뭐라고요?"

"한국말 몰라? 5만 원이라고."

"왜 5만 원이에요? 정이가 분명히 3만 원이라고 했는데요?"

영진의 항의에 현이는 요것 봐라, 하고 험상궂은 표정을 지으며 대답했다.

"어른 둘이 일부러 시간 내서 와 줬는데 5만 원이면 똥값이지. 요즘 최저임금이 얼만지 모르냐? 내 동생 친구라서 후려쳐 준 거야. 안 그래, 진철아?"

어느새 처음처럼 과묵해진 진철이 고개를 끄덕였다. 기가 막혀서 할 말을 잊은 영진 앞에서 현이가 닦달했다.

"빨리 5만 원 내놔."

나혜가 후딱 돈 주라는 뜻을 담아 손사래를 쳤다. 영진은 분했지만 어쩔 수 없이 돈을 세어서 현이에게 건네주었다. 꼬깃꼬깃, 수많은 고등학생들의 손때가 묻은 만 원짜리 석 장과 오천 원짜리 두 장과 천 원짜리 열 장을 빠짐없이 받아 챙긴 현이와 진철은 석양 너머로 차를 몰고 사라졌다. 정이는 난감한 표정으로 중얼거렸다.

"나한테는 분명히 용역비 3만 원이랬는데. 왜 2만 원이나 붙었지?"

"네 오빠 두 번 불렀다가는 우리 파산하겠다."

처음에는 보디가드처럼 든든하고 멋있어 보이던 현이가 이제는 천하의 날강도처럼 보였다. 고등학생 동생들한테 현금을 5만 원이나 뜯어 가다니 솔직히 날강도 소리를 들어도 쌌다. 케이크랑 커피도 공짜로 대접해 줬는데 말이다.

"그래도 민폐 집단 없어져서 다행이야. 그치 애들아?"

나혜가 위로하듯 말했다. 민서는 여전히 불안해하며 중얼거렸다.

"설마 그것들 또 오진 않겠지?"

영진은 두툼한 안경 너머로 작아진 눈을 힘껏 부릅뜨며 정이에게 다짐을 시켰다.

"만일 그것들 또 와서 행패 부리면 그때는 네 오빠한테 공짜로 해결해 달라고 해. 5만 원이나 받았으면 애프터서비스도 해 줘야 하는 거 아니냐고 따져."

"알았어. 에이에스 안 해 줄 거면 반값으로 깎아 달라고 할게."

"안 돼. 무조건 에이에스 받아."

정이는 어쩔 수 없이 고개를 끄덕였다. 성깔이 고약하고 제 멋대로 하는 또라이 같다고 유똘이라고 불리는 현이가 순순히 무료로 에프터서비스를 해 줄 것 같지는 않았지만 나혜가 영진의 눈치를 살피며 물었다.

"영진아, 괜찮아?"

영진은 잔뜩 화난 얼굴로 중얼거렸다.

"나쁜 놈들 쫓아내 준 건 고맙지만 2만 원이나 바가지 씌우는 건 심하잖아. 커피 스무 잔을 팔아야 벌리는 돈이라고."

커피 스무 잔을 팔아야 벌리는 돈. 그리 생각하면 2만 원의 가치가 무거워진다. 회계 담당인 영진은 돈 문제에 민감할 수밖에 없었다. 요 며칠 동안 손님이 끊긴 탓에 2만 원의 예상 외 지출이 더욱 아까웠다.

"처음에는 막연히 음료 한 잔에 500원씩만 남기면 충분할 거라고 생각했는데…… 그게 아닌 것 같아."

영진의 푸념에 민서가 동의의 표시로 고개를 끄덕였다. 지난 한 달 동안의 매출을 합산해 보았더니 음료는 약 350잔, 케이크는 50여 개가 팔려 50만 원에 가까운 큰돈을 벌었다. 그러나 매출과 순이익은 별개였다. 식재료비, 종이 냅킨이나 빨대, 테이크아웃용 플라스틱 컵 등 소모품에 드는 돈, 만드는 과정에서 실수하거나 엎질러서 팔 수 없게 된 손해, 넷이서 과자나 컵라면 같은 주전부리를 사 먹은 것까지 전부 '운영비'가 되어 총 매출에서 빠져나갔다. 운영비를 빼고 남은 순이익은 약 20만 원. 그 20만 원을 또다시 넷으로 나누면 최종적으로 한 사람이 갖는 돈은 5만 원 정도. 한 달 용돈과 비슷한 금액이었다.

민서는 문득 떠오른 것이 있어 정이에게 물어보았다.

"정아, 네 친구 방학 동안 칠동면에 있는 카페에서 알바했다고 그랬지? 걔는 얼마 벌었대?"

"걔? 보름 정도 일했는데, 40만 원 조금 넘게 벌었다고 그랬어."

민서가 부러움과 기막힘을 섞어 말했다.

"헐. 우리 넷이서 한 달 동안 번 돈의 두 배네."

아이들은 어이없어 하며 웃다가 조금 울적해졌다. 음료를 무려 350잔이나 팔았는데도 고등학생 아르바이트 최저임금의 8분의 1밖에 못 벌었다니, 김새는 현실이었다. 영진이 중얼거렸다.

"자영업이 힘들다는 말이 이해 간다. 매출 대비 순이익이 너무 적으니까 말야."

"와, 영진이 진짜 사장님 같다. 멋있어."

나혜의 감탄에 영진은 민망해져서 입을 다물었다. 민서가 물었다.

"뭐라 그러지, 마진이라고 하나? 그게 너무 적으니까 우리한테 남는 돈도 적은 거 아냐?"

"그렇지. 보통 카페 마진율이 70퍼센트 정도인데 우리 카페는 50에서 55퍼센트 사이니까."

돈이 더 많이 벌리면 더 열심히, 덜 힘든 기분으로 일할 수 있지 않을까? 모두가 같은 생각이라는 것은 서로의 눈빛만 봐도 알 수 있었다. 하지만 '내 몫으로 떨어지는 돈' 이야기를 꺼내는 건 어쩐지 떳떳치 못한 기분이 들었다. 다들 우물쭈물하는 와중에 정이가 불쑥 말했다.

"우리 커피값 올려야 하는 거 아냐?"

"……그래야겠지?"

영진은 미끄러진 안경을 추어올리며 반갑게 맞장구를 쳤다. 정이가 어려운 이야기를 꺼내 주어서 내심 고마웠다. 나혜는 걱정했다.

"가격 올리면 애들이 기분 나빠 하지 않을까?"

"그래서 내가 그동안 가격 올리자는 말을 못 꺼냈던 거야."

"이왕 올릴 거면 더 늦기 전에 올리는 게 좋을 것 같아."

네 아이들은 일주일 뒤부터 모든 음료와 디저트의 마진을 500원에서 1000원으로 올리기로 정했다. 골칫덩이들은 두 번 다시 카페 근처에 얼씬하지 않았다. 달아났던 길고양이들이 카페로 되돌아오자 아이들은 비로소 마음을 놓았다. 발길을 끊었던 손님들도 고양이들처럼 되돌아왔다. 다행히 가격 인상에 불만을 품는 손님들은 많지 않았고 네 아이들은 더욱 멋진 카페를 만들겠다고 마음을 다잡았다.

외지인들의 습격

오동면 북쪽을 둥글게 에워싼 오동산이 꼭대기부터 울긋불긋 물들기 시작했다. 오동면의 겨울은 성질이 급했다. 대낮은 아직 따스했지만 해가 지고 나면 이가 시리도록 싸늘한 바람이 옷깃 속으로 파고들었다.

카페 공장이 문을 연 지 두 달이 지났다. 날이 서늘해지자 따뜻한 음료를 찾는 아이들이 생겼다. 정이는 새로운 메뉴를 개발하고 싶어졌다. 목표는 카푸치노였다. 인터넷에서 프렌치 프레스로 우유 거품 내는 방법을 찾아본 다음 영진에게 허락을 받아 8900원짜리를 샀다. 이번에는 단짝들이 시식을 해 주었다. 몇 번의 시행착오 끝에 정이는 부드럽고 조밀한 우유 거품을 만드는 데 성공했다. 구름처럼 폭신한 거품을 아낌없이 얹은 카푸치노를 한 번 마서 본 손님들은 다음에 와서도 어김없이 카푸치노를 주문했다. 핫 초코에도 우유 거품을 얹어 주자 반응이 좋았다.

디저트 메뉴에도 변화가 생겼다. 정이가 커피에 얹어 주는 풍성한 거품을 보고 아이디어를 떠올린 나혜는 브라우니 위에 생크림을 한 숟가락 듬뿍 퍼서 올려 주기 시작했다. 자신이 붙은 나혜는 스콘과 초코 칩 쿠키도 만들기 시작했다.

여름에는 덥다고 아우성치던 손님들이 이제는 춥다고 원성이었다. 정이가 마당 창고를 뒤져 커다란 양탄자를 찾아내 맨바닥에 깔았고 각자 학교에서 쓰던 무릎 담요 네 장을 손님용으로 가져다 놓았다. 딱 사흘 만에 담요 한 장이 사라졌다. 화가 난 정이가 담요 귀퉁이마다 '카페, 공장'이라고 굵은 매직펜으로 커다랗게 써 놓았는데 정이는 엄청난 악필이었고, 민서는 못생긴 매직펜 글씨가 보기 싫어서 하루에도 몇 번씩 진저리를 쳤다. 민서의 짜증을 보다 못한 나혜가 알록달록한 부직포와 접착제로 명찰을 만들어 손바느질로 담요에 붙였다. 손님들은 담요에 붙인 명찰이 귀엽다며 앞다투어 인증 사진을 찍었다.

생크림 얹은 브라우니 맛에 반해 단골이 된 1학년 후배가 집에서 쓰지 않는 커다란 전기스토브를 가져다주었다. 카페 한가운데에 전기스토브를 틀어 놓자 실내 공기가 한결 훈훈해졌다. 아이들은 고마운 마음에 아메리카노 한 잔을 무료로 마실 수 있는 특별 쿠폰을 만들어 착한 후배에게 보답했다. 음료 한 잔을 마실 때마다 도장을 찍어 주는 쿠폰도 만들었다. 중학교 적부터 한두 개씩 사 모은 고양이 캐릭터 도장을 제대로 써 보고 싶었던 민서의 제안이었다. 쿠폰에 고양이 도장 열 개를 채우면 따뜻한 아메리카노 한 잔을 서비스로 주기로 했다. 쿠폰 만들기에 재미를 붙인 민서는 다음 달에 수능시험을 치르는 3학년 선배들을 응원하는 뜻에서 특별 할인 쿠폰을 만들면 어떻겠느냐고 아이디어를 냈다. 다들 좋아했다. 민서는 밤잠을 설쳐 가며 포토샵으로 수능 할인 쿠폰을 디자인했다. 인스타그램에 '수능 파이팅!'이라고 쓴 사진을 올리고 카페에 찾아오는 3학년 선배들에게 쿠폰을 나누어 주었다.

민서가 만든 엽서에 관심을 보이는 손님들이 점점 많아졌다. 민서는 제일 마음에 드는 엽서를 여러 장 뽑아 '공짜로 가져가세요'라는 메시지를 써 붙여 계산대 테이블 한 켠에 올려놓았다. 이틀 만에 엽서들은 전부 매진되었다. 기분이 좋아진 민서는 새로운 엽서 몇 종류를 추가로 만들었는데 새 엽서를 뽑는 도중에 프린터의 컬러 잉크가 바닥나 프린터가 멈춰 버렸다. 잉크 교체 비용 때문에 고민하는 민서에게 영진이 엽서를 팔아 보라고 제안했다. 민서는 엽서 한 장당 500원씩 받고 팔아 보기로 했다. 공짜로 나눠 줄 때는 순식간에 매진되었던 엽서에 500원 가격표가 붙으니 아무도 사 가지 않았다. 실망해서 엽서를 치워 버리려는 민서를 친구들이 말렸다. 바로 그날 저녁 칠동면에서 놀러 온 손님이 처음으로 돈을 내고 엽서를 샀다. 그 아이는 민서가 엽서를 직접 디자인했다는 말을 듣고 감탄을 아끼지 않았다. 마음이 풀어진 민서는 계속 엽서를 팔아 보기로 했다.

"너희 인스타 봤어?"

헐레벌떡 교실에 도착한 민서는 책가방을 풀어 놓는 것도 잊은 채 정이와 영진, 나혜를 향해 소리치며 달려왔다. 이른 아침부터 단톡방에서 한바탕 난리가 난 참이었다. 오늘 새벽에 카페 공장의 인스타그램 계정이 한 유명 계정에 태깅(tagging)된 것이다. 그 계정은 10만 명이 넘는 팔로워를 거느리고 새로운 사진을 업로드할 때마다 '좋아요'가 수백 개 넘게 따라붙는 엄청난 인기 계정이었다. 그림처럼 예쁘게 꾸민 집에서 살고 아이돌처럼 화려한 외모를 지닌 유명 인스타그래머는 며칠 전 민서가 카페 공장 계정에 올려 놓은 길고양이 네 형제의 사진을 자기 계정에 리포스트(repost)하고 감상을 써 놓았다.

길냥이들이 지켜 주는 시골의 힐링 카페. 바쁜 일상에 지친 마음을 달래 줄 것 같아요.

"대박. 수업하는 동안 우리 팔로워 다섯 명이나 늘었어."

1교시 수업을 마치기 무섭게 인스타그램을 확인한 민서는 경이로움에 사로잡혔다. 네 아이들은 물론 반 친구들이 다함께 스마트폰을 꺼내 들고 흥미진진하게 구경했다. 유명 계정의 힘은 대단했다. 카페 공장에는 하룻밤 사이 100명이 넘는 새 팔로워들이 생겨났다. 댓글도 여러 개 달렸다. 비록 스팸 계정들이 많이 끼어 있기는 했지만 그래도 놀라운 일이었다. 지난 두 달 동안 간신히 만든 팔로워의 두 배가 넘는 수가 하룻밤 사이 생겼으니까. 쪽지도 몇 통 와 있었다. 카페 공장의 상호명이 지도 어플에 뜨지 않는다며, 찾아가 보고 싶으니 주소를 알려 달라는 질문들이었다. 민서는 부랴부랴 지도 어플을 실행해 카페 주변 화면을 캡쳐한 뒤 이미지 편집 기능을 써서 임시 지도를 만들기 시작했다.

"정말로 지도 보고 우리 카페 찾아오는 사람이 있을까?"

영진은 손가락을 바쁘게 놀리며 집중하는 민서를 바라보며 걱정스러워했다. 정이는 영진의 허리를 팔꿈치로 쿡 찌르며 한 마디 했다.

"김빠지게 왜 그런 말을 해?"

"서울 사람들 기준에서 우리 동네는 너무 시골이니까."

민서는 스마트폰 화면을 뚫어지게 내려다보며 중얼거렸다.

"그래도 혹시 모르는 일이니까."

말마따나 모르는 일이었다. 바로 어젯밤까지만 해도 상상조차 못 했던 일이 실제로 일어났으니 말이다. 민서는 완성한 임시 지도를 인스타그램에 올렸다. 그날 네 아이들은 밤늦도록 단톡방에서 이야기를 나누며 쉽게 잠들지 못했다. 가슴 뛰는 날이었다.

주말에는 오동산의 단풍이 산 중턱까지 내려왔다. 외지 관광객들이 여름 휴가철과 더불어 가장 많이 오동면과 칠동면 인근을 찾아오는 성수기였다. 오동면장이 야심차게 건설을 추진한 오동산 둘레길과 낚시꾼들 사이에서 나름 유명하다는 오동 저수지 두 곳이 오동면 일대 관광 코스였다. 다시 말하자면 그 두 곳이 오동면이 지닌 관광 자원의 전부라는 이야기다. 대부분 중노년들로 이루어진 관광객들은 낚시와 등산을 마친 뒤 정거장 옆 고깃집에서 돼지갈비를 사먹고 돌아갔다. 갈빗집을 하는 어른들은 해마다 관광객 숫자가 뚝뚝 떨어진다며 걱정이 태산이었다.

성수기니 비수기니 하는 사정에 신경 쓸 일 없는 아이들은 언제나처럼 카페 공장의 문을 열었다. 유명 계정에 소개된 뒤 카페 공장의 인스타그램 팔로워는 400명 가까이 늘었지만 인스타그램을 보고 찾아온 손님은 아직 하나도 없었다. 역시 오동면은 카페를 좋아하는 사람들이 찾아오기에는 너무 심심산골인지도 몰랐다. 청소를 마친 아이들은 창가 자리에 둘러앉아 인스타그램을 구경했다. 요즈음 인스타그램은 보고 또 봐도 재미있었다.

"여기 맞아?"

낯선 목소리가 들려왔다. 처음 보는 남녀가 닫힌 미닫이문 밖에서 어색하게 기웃거리고 있었다. 인스타그램에 정신을 팔던 아이들은 깜짝 놀라 자리에서 일어났다.

오늘의 첫 손님은 학생이 아닌 어른들이었다. 엄마 아빠보다는 젊고 선생님보다는 나이 들어 보였다. 커플 같기도 하고 부부 같기도 했다. 남자 손님이 문틈으로 한쪽 다리만 걸쳐 놓은 채 미심쩍다는 투로 물었다.

"여기 카페 맞죠?"

"네. 카페 맞아요."

영진이 또랑또랑하게 대답하자 남자 손님은 여자 손님을 데리고 카페로 들어왔다. 베이지색 스웨터 밑에 찰랑거리는 주홍색 원피스를 받쳐 입고 한껏 멋을 부린 여자는 돗자리를 발견하고는 앞장선 남자의 등을 손가락으로 쿡 찌르며 말했다.

"오빠, 저기 화문석 좀 봐."

"어, 진짜네. 여기가 맞나 보다."

아이들은 입을 헤벌렸다. 커플은 한눈에 봐도 외지인들이었다. 오동면에 찾아오는 외지인들은 대부분이 등산복 차림인데 눈앞의 커플은 오동산 둘레길이나 오동 저수지보다는 홍대 앞이나 이태원이 어울리는 옷차림을 하고 있었다. 두 사람은 잠시 두리번거리더니 창가 앞 테이블 자리를 선택했다. 민서가 메뉴판을 가져다주자 여자 손님은 대뜸 웃음을 터뜨렸다. 뭐야. 내 메뉴판이 그렇게 허접해 보이나? 민서는 가슴이 조마조마해졌다.

"오빠 이 메뉴판 좀 봐. 완전 귀여워."

여자가 호들갑을 떨며 남자의 턱 밑에 메뉴판을 들이대자 남자는 마지못해 맞장구를 쳤다.

"그러게. 꼭 애들 글씨 같네."

'애들 글씨 같네'라는 건 칭찬일까, 욕일까? 표정이나 말투를 보면 딱히 나쁜 의미로 말하는 것 같지는 않은데…… 민서는 긴장해서 축축해진 손바닥을 바지에 문질러 닦았다.

손님들은 따뜻한 아메리카노 한 잔과 카푸치노 한 잔을 주문했다. 정이는 어느 때보다 심혈을 기울여 커피를 내렸고 나혜는 제일 예쁜 커피잔을 골라 냈다. 손님들은 아이들이 가져다 준 커피를 신중한 태도로 마셨다. 아이들은 동떨어진 자리에 모여 앉아 스마트폰을 보는 척하며 손님들의 반응을 살폈다. 저들은 어쩌다 우리 카페까지 온 걸까? 인스타그램을 보고 왔을까? 어쨌거나 서울 사람들인 건 분명하다. 카페 공장 사상 최초의 외지인 손님들은 우리 커피를 마시고 어떤 생각을 할까?

한참만에 여자가 커피잔에서 입을 떼고 남자에게 물었다.

"커피 어때?"

남자는 곧장 대답하지 않고 커피를 한 모금 더 마셨다. 아이들은 심사위원 앞에 선 오디션 참가자들처럼 잔뜩 긴장했다.

"뭐, 괜찮네."

"그치? 맛있다. 핸드 드립이라는데, 가성비 괜찮네."

정이의 광대뼈가 아래위로 실룩거렸다. 신이 난 고양이처럼 소리를 지르며 뛰고 싶었다. 내 커피는 서울 어른들 입맛에도 합격한 커피라는 거지. 여자는 커피잔을 내려놓고 창밖을 보더니 남자의 팔뚝을 호들갑스럽게 잡아 흔들며 감탄했다.

"오빠, 창밖 경치 좀 봐. 너무 좋다. 릴랙스되는 느낌."

"그러게."

"저거 뭐지? 배추?"

"그러게. 배추네."

여자는 스마트폰으로 열심히 배추밭 사진을 찍었다. 사시사철 시 퍼렇기만 한 배추의 어떤 면이 굳이 사진으로 찍을 만큼 좋아 보이 는지 아이들은 전혀 이해할 수 없었다. 국거리나 보쌈거리로 쓰겠 다며 뜯어 간다면 또 몰라도. 어쨌거나 손님들의 입에서 별로라거 나 나쁘다는 말이 나오지 않아서 다행이었다. 배추밭 사진을 실컷 찍고 난 손님들은 벽에 붙은 포스터와 엽서로 눈길을 돌렸다.

"여기 완전 빈티지하다."

내도록 시큰둥하던 남자는 포스터를 보더니 조금 흥미가 생긴 표정으로 말했다.

"오, 〈중경삼림〉. 여기 사장님 취향이 제법이시네."

"낙향한 아티스트, 뭐 그런 사람인가 봐. 그치 오빠?"

"그럴지도. 시골은 땅값이 싸니까."

"근데 이런 깡촌에 손님이 얼마나 찾아올까?"

"걱정이 태산이다. 짜장면 먹겠다고 제주도보다 먼 가파도까지 찾아가는 우리나라 사람들인데, 뭘."

아이들은 엄마 아빠가 틀어 놓은 텔레비전에서 흘러나오는 뉴스를 보는 기분으로 손님들의 대화를 들었다. 한동안 수다를 떨고 난 손님들은 자리에서 일어났다. 남자가 재킷 안주머니에서 지갑을 꺼내며 두리번거렸다. 영진이 다가가자 남자는 자연스러운 태도로 지갑에서 신용카드를 꺼냈다.

"저희는 카드 안 되고 현금만 받아요."

영진의 말에 남자가 대뜸 되물었다.

"왜요?"

"아, 그게…… 저희 카페는 현금만 받아요. 현금 없으시면 모바일 이체도 괜찮아요."

그러자 남자는 지갑에서 5만 원권 지폐를 꺼내 내밀었다. 영진은 거스름돈을 세어 보고는 당황했다. 손님들이 마신 음료 가격은 3000원인데 지금 가지고 있는 현금은 3만 5000원. 1만 2000원이나 모자랐다. 부랴부랴 정이가 제 지갑에서 만 원을 꺼내고 나혜와 민서가 천 원짜리를 보태서 간신히 거스름돈을 마련할 수 있었다. 지금까지 5만 원짜리를 낸 손님은 아무도 없었다. 남자는 거스름돈을 지갑에 대충 쓸어 넣으며 빠르게 말했다.

"현금 영수증은 공일공……."

영진이 황급히 남자의 말을 잘랐다.

"앗, 죄송하지만 현금 영수증도 안 돼요."

"왜요?"

이번에는 남자 뒤에 있던 여자가 미묘하게 싸늘해진 말투로 되물었다. 영진은 긴장했다. 신용카드 결제와 현금 영수증 발급. 다른 모든 카페들에서는 가능한 것들이 왜 여기는 안 되느냐고 묻는 어른 손님들에게 뭐라고 대답해야 할까? '저희는 고등학생이고요, 여기는 우리끼리 재미로 하는 카페라서 안 돼요'라고 사실대로 말해야 하나? 믿어 주지도 않을뿐더러 애들끼리 뭐 하는 거냐며 화를 낼 것 같아 겁이 났다. 예전에 선생님이 오셨을 때는 천연덕스레 거짓말을 할 수 있었는데 처음 보는 차가운 눈빛 앞에서는 아무 말도 떠오르지 않았다.

얼어붙은 영진 뒤에 서 있던 나혜가 앞으로 나서더니 고개를 꾸벅 숙였다.

"저희가 카페를 오픈한 지 얼마 안 되어서 아직 부족한 부분이 많아요. 죄송합니다."

나혜의 예의 바른 태도에 여자의 눈빛이 조금 누그러지는 듯했으나 남자는 여전히 납득할 수 없다는 태도였다.

"아니, 요즘 세상에 현금 영수증 처리가 안 되는 카페가 어디 있……."

"됐어. 알바들이 뭘 알겠어. 3000원밖에 안 되는데 그냥 가, 오빠."

여자가 등을 떠밀며 재촉하자 남자는 혀를 차면서도 순순히 여자를 따라 돌아섰다. 영진과 나혜는 안도의 한숨을 내쉬었다. 민서는 안절부절못했다. 손님들이 들어오던 순간부터 머릿속에서 떠나지 않고 있는 질문이 목구멍 바로 위까지 차오른 탓이었다. 손님들이 미닫이문을 열어젖히는 찰나 민서는 간신히 소리쳐 물었다.

"저기요! 혹시 인스타그램 보고 오셨어요?"

손님들은 걸음을 멈추고 돌아보더니 동시에 고개를 끄덕였다.

"네. 그런데요."

"그러면 혹시…… 서울에서 오셨어요?"

손님들은 이번에도 고개를 끄덕였다. 민서의 볼이 발갛게 달아올랐다. 인스타그램하기를 잘했다는 생각에 가슴이 뿌듯해졌다. 흙먼지를 뿜으며 떠나는 자동차를 바라보며 아이들은 내내 참았던 수다를 와르르 털어놓았다.

"대박. 진짜로 우리 인스타 보고 왔대."

"유명 계정 홍보 효과 쩐다."

"5만 원짜리 내서 완전 놀랐어. 어른의 위엄이다. 그치?"

"그새 우리 팔로워 세 명 더 붙었어. 이제부터는 사진 더 이쁘게 찍어서 자주 올려야겠다. 역시 길냥이들 사진이 제일 인기가 많아."

"아예 우리 카페 이름을 길냥이 카페로 바꿀까?"

다들 흥분해서 떠들고 있는데 또다시 낯선 자동차 소리가 들렸다. 이번에는 등산복을 입은 아저씨와 아줌마였다. 동네 고깃집에 들렀다 온 듯 손님들이 카페 안에 발을 들여놓자마자 달짝지근한 돼지갈비 냄새가 확 퍼졌다. 아저씨가 아이들에게 말을 걸었다.

"우리 딸네미가 이 동네 가는 김에 여기 한 번 들러 보라고 하데?"

두 번째 외지인 손님들이었다. 아이들은 잠깐 얼이 나가 있다가 후다닥 정신을 차리고 손님맞이를 시작했다.

카페 공장에 찾아오는 외지인 어른 손님들은 하루가 다르게 늘어났다. 어른 손님들은 대부분 서울에서 차를 몰고 왔는데 카페 앞 오솔길에 차를 대거나 한때 망나니들이 점령했던 카페 옆 건물의 1층 공간에 차를 대었다. 손님 중에는 카페 공장에서 찍은 인증샷에 '#카페_공장'이라는 태그를 걸어 자신들의 SNS 계정에 올리는 사람도 있었다. 카페 공장의 인스타그램 계정은 태깅의 파도를 타고 조금씩 퍼져나갔다. 창밖에 펼쳐진 배추밭과 뒷문 어귀에 웅크려 간식을 먹는 길고양이 네 형제를 찍은 사진들이 자주 올라왔다.

어른 손님들은 동네 학생들하고는 확실히 달랐다. 우선 씀씀이가 컸다. 대신 요구하는 것들이 많았다. 그리고 반드시라고 해도 좋을 만큼 '왜요?'라는 토를 달았다.

"물수건 좀 넉넉히 주세요. 아, 여기는 물수건 없어요? 왜요?"

"여기 화장실 어디 있어요? 네? 어디라고요? 어이쿠. 왜 이렇게 멀어?"

"여기는 핸드 드립 커피밖에 없어요? 빨리 나오는 커피는 없어요?"

"디저트 메뉴는 이게 다예요? 다른 거 없어요? 왜 없는데요?"

손님이 많아지니 자연히 들어오는 돈도 늘었지만 나가는 돈도 그만큼 늘었다. 원두나 우유, 생수, 밀가루 같은 기본 식재료는 물론이고 종이 냅킨 같은 소모품도 순식간에 동나는 바람에 아이들은 부랴부랴 대용량 재료를 주문했다. 온라인 몰에서 주문하니 훨씬 편하고 가격도 저렴해 앞으로는 계속 인터넷만 이용하기로 했다. 컵과 접시가 모자라 아이들은 각자의 집에서 다시 한번 서리를 해 왔다.

하루는 커피 원두가 일찍 바닥나는 바람에 늦게 온 손님들에게 커피를 팔지 못하게 되었다. 정이가 자전거를 몰고 동네 이디야 카페로 달려가 원두를 사 올 때까지 참을성 있게 기다려 주는 손님은 거의 없었다. 허탕 친 손님 중에는 카페에서 커피를 팔지 않는 게 말이나 되냐, 내가 얼마나 멀리서 귀한 시간을 내어 찾아왔는지 아느냐며 성을 내는 사람도 있었다.

어른들은 현금을 잘 가지고 다니지 않았다. 카드 결제가 왜 안되느냐는 질문이 뻔질나게 들어왔다. 수십 수백 번씩 반복되는 질문에 답하고 사과하느라 진이 빠진 아이들은 '죄송합니다! 카드 결제가 안 돼요'라는 메시지와 계좌번호를 적은 종이를 카운터 테이블과 벽 곳곳에 붙여 두었다. 민서는 종이의 빈 공간에 엎드려 절하는 여자아이 네 명을 그려 넣었고 그 그림을 어떤 손님이 사진 찍어 인스타그램에 올렸다. 알고 보니 그 손님은 상당히 유명한 인스타그래머 겸 블로거였다. 아이들이 손님의 계정에 찾아가

감사의 댓글을 달자 손님은 며칠 뒤 블로그에도 카페 공장을 소개하는 포스팅을 올렸다.

포털 사이트에서 '오동면 카페 공장'이라는 키워드를 검색해 보면 카페에 다녀간 손님들이 올려놓은 포스팅이 두 개 나왔다. 유명 인스타그래머의 계정에 처음 소개된 지 보름도 되지 않아 카페 공장은 인스타그램 바깥에서도 알려지기 시작한 것이었다.

"여기 인스타에서 대박 났다며?"

월요일, 학교를 마치고 카페 공장에 따라온 수연이 호들갑을 떨다가 코를 킁킁거렸다.

"헐, 파스 냄새. 뭐야? 누가 파스 붙였어?"

정이는 교복 블라우스 소매를 끌어내리고 양 손목에 붙은 새하얀 파스를 보여 주었다.

"커피 내리다 팔 떨어지는 줄 알았잖아."

하루동안 1킬로그램 원두를 다 쓴 건 집에서 핸드 드립을 연습한 이후로 처음이었다. 최고 기록은 하루에 쉰다섯 잔. 제대로 따지면 하루도 아니고 여섯 시간 동안 혼자서 그 많은 커피를 내린 것이었다. 핸드 드립이 얼마나 중노동인지 정이는 손님들이 늘어난 뒤로 뼈저리게 깨달았다. 친구들이 짬짬이 보조를 해 주었는데도 힘에 부쳤다.

"정이가 진짜 고생했지. 주말에는 거의 인간 커피 머신이었어."

"나혜도 힘들었지?"

"말도 마. 난 앞으로 죽을 때까지 케이크는 못 먹을 것 같아."

나혜의 손목에도 파스가 붙어 있었다. 지난 보름 동안 나혜네 집 부엌은 빵 공장이 되었다. 브라우니와 치즈케이크를 열 판도 넘게 구웠다. 하도 빵을 많이 구웠더니 낮에 학교 수업을 듣는 동안에도 어디선가 밀가루 반죽 냄새가 풍기는 것 같은 착각이 들었다. 영진이 고개를 설레설레 저으며 말했다.

"장난 아니었어. 어제랑 그저께는 역대급으로 손님이 많이 와서 영혼이 탈탈 털렸다니까."

"맞아. 어제 낮에는 사람들이 카페 밖에서 줄까지 섰잖아."

"이상한 손님들도 진짜 많았지."

민서는 요즘 세상에 카드 결제가 안 되는 카페가 어디 있느냐며 혼잣말인지, 일부러 들으라는 말인지 모를 소리를 끊임없이 반복하던 아줌마 손님을 떠올리며 어깨를 부르르 떨었다. 그래도 그만하면 양반이었다. 겨우 두 번의 주말을 치르는 동안 아이들은 소위 '진상'이라고 불릴 만한 손님들을 몇 명이나 겪었다.

"원래 손님이 많으면 진상도 많은 법이라고 울 엄마가 그랬어. 그래도 손님 없는 것보다는 낫잖아. 안 그래?"

수연이 어른스럽게 말했다. 수연네 부모님은 정거장 앞 큰길가에서 동네에서 제일 오래된 갈비집을 운영했다. 손님이 아예 없는 것보다는 진상 손님을 치르는 게 낫다…… 그런 걸까? 진이 쭉 빠진 네 아이들은 입을 다물었다.

"너네 돈 엄청 많이 벌었을 거 아냐."

그건 그랬다. 단 보름 동안 벌어들인 돈이 지난 두 달 동안 번 돈보다 많았으니까. 엊그제 일요일 저녁에는 카페 문을 닫고 다함께 칠동면 롯데리아에 가서 '회식'을 했다. 한 사람당 하나씩 세트 메뉴를 시키고 치킨과 아이스크림까지 시켰다. 돈 생각을 하니 지끈거리는 어깨와 손목에 힘이 되돌아오는 기분이었다. 일해서 번 돈을 쓰는 기분은 용돈이나 세뱃돈을 쓸 때와는 또 달랐다. 만 원짜리 지폐 여러 장을 한데 모아 하나하나 셀 때의 기분은 닭살이 돋을 만큼 짜릿했다.

열심히 수다를 떨던 수연은 문득 무언가 생각났다는 듯 호들갑스레 말을 꺼냈다.

"맞다, 우리 엄마도 카페 공장 얘기하더라."

아이들은 놀라 되물었다.

"헐. 진짜?"

"우리 가게에 고기 먹으러 온 손님이 여기 어디냐고 물어봤대. 지도 어플에 상호명이 안 뜬다고 하면서. 엄마가 나한테 카페 공장이 어딨냐고 물어보더라. 그나저나 그 손님, 여기 잘 찾아왔을지 모르겠어. 내가 가게에 있었다면 자세히 알려줬을 텐데."

민서가 약간 불안해하며 말했다.

"울 엄마도 눈치챈 것 같아. 지난주에는 갑자기 요즘 칠동고 애

들이 오동면에 새로 생긴 카페 얘기를 한다고, 그 카페 가 본 적
있냐고 그랬어."

나혜와 영진도 말을 받았다.

"울 아빠 공장에도 소문 다 퍼진 것 같던데. 외지 사람들이 자꾸
우리 카페 앞에다 차를 대 놓으니까 눈에 띄나 봐."

"사실 엄빠들이 모르는 게 더 이상해."

두 달이면 온 동네 사람들은 물론 집에서 기르는 강아지 귓속에
까지 소문이 들어가고도 남을 시간이었다. 지금껏 엄마 아빠들이
카페 공장에 대해 캐묻지 않은 건 주로 동네 아이들만 드나드는
아지트인 탓이었는지도 몰랐다. 오동면의 어른들은 남녀 할 것 없
이 밥벌이하느라 바빴고 서울의 부모들처럼 다 큰 아이들의 뒤치
다꺼리를 세세하게 할 만큼 생활에 여유가 있는 사람은 많지 않았
다. 학부모회장 선출 같은 학교의 큰 행사에도 선뜻 나서는 부모
님이 없어 선생님들이 학부모에게 일일이 개인 연락을 돌려 참여
해 달라고 읍소하는 상황이었다. 학원가도 없고 변변한 놀 거리도
없는 산골 동네에서 사춘기 아이들이 크게 말썽 부리지 않고 저들
끼리 시간을 보내 준다면 바쁜 부모로서는 고마울 따름이었다.

하지만 카페 공장에 외지 손님들이 찾아오기 시작한 이상, 문제
는 달라질 것이었다. 오동면 사람들에게 외지 사람들은 남다른 의
미를 지녔다. 외지 사람들은 서울이 전국의 사람들과 일자리를 집
어삼키며 한도 끝도 없이 몸집을 부풀려 가는 동안 하루가 다르게

쪼그라드는 작은 시골 마을에 돈이라는 이름의 희망을 가져다주는 귀한 존재들이었다.

"엄빠들이 알게 되면 어떡하지?"

민서는 초조해하며 말했다. 정이가 태평스레 답했다.

"영진이가 밑밥 깔아 놨잖아. 영진이네 큰어머니가 하는 카페에서 잠깐 알바하는 거라고 말하면 돼."

"그것까지 다 들키면?"

민서는 걱정을 멈추지 못했다. 영진이 안경을 닦으며 무뚝뚝하게 말했다.

"그럼 유정네 친척 어른이 차린 카페라고 하지 뭐."

"무슨 친척 돌려막기야?"

아이들은 웃음을 터뜨렸다. 부모님에게 혼날까 봐 걱정은 들었지만 그렇다고 해서 심각한 기분이 되지도 않았다. 나쁜 짓을 하는 것도 아닌데 혼나면 얼마나 혼나겠냐는 기분이었다. 근거 없는 자신감이라고나 할까. 넷이 뭉친다면 뭐든 수월하게 해낼 수 있을 것만 같았다.

문밖에서 자동차 소리가 들렸다. 아이들은 본능적으로 이야기를 멈추고 차에서 내리는 손님들을 기다렸다. 앞코가 동그란 외제 차에서 예쁘게 차려입은 두 여자가 내렸다. 길게 늘어트린 퍼머머리, 살랑이는 쉬폰 원피스와 티끌 한 점 묻지 않은 새하얀 스니커즈, 비싸 보이는 핸드백, 조막만 한 얼굴과 모델처럼 날씬한 몸매. 두 사람은 쌍둥이처럼 꼭 닮았다. 둘 중 하나는 한 손에 긴 셀카봉을 쥐고 있었다.

"저 사람, 그 사람 아냐?"

정이가 부르짖었다. 셀카봉을 든 손님은 길고양이 네 형제 사진을 리포스트해 주었던 팔로워 10만 명의 유명 인스타그래머였다. 아이들은 미어캣처럼 발뒤꿈치를 들고 벌떡 일어섰다. 두 손님은 셀카봉을 지휘봉처럼 치켜든 채 카페 안으로 들어왔다. 우선 셀카봉으로 카페 내부를 한 바퀴 찍고, 돗자리를 발견하더니 반가워하며 여기저기 다양한 각도로 사진을 찍었다. 하지만 막상 돗자리에 앉지는 않고 햇볕이 잘 드는 창가 앞자리를 선택했다.

"여기서 제일 잘 나가는 메뉴 뭐예요?"

메뉴판을 가져다 준 영진에게 손님들이 물었다.

"따뜻한 아메리카노랑, 디저트 중에서는 브라우니요."

"그거 세 개 주시겠어요?"

목을 빼고 손님들을 구경하던 정이와 나혜와 민서는 잽싸게 음식을 준비하러 갔다. 민서가 정이에게 속삭였다.

"이쁘다. 인스타에 올린 셀카는 솔직히 보정 어플 사기인 줄 알았는데."

"그러게. 나는 다 성형발인 줄 알았……."

브라우니를 접시에 옮겨 담던 나혜가 손바닥으로 정이의 어깨를 야멸차게 후려쳤다.

"쉿! 들리면 어쩌려고 그래?"

정이와 민서는 주먹으로 입을 틀어막고 키득키득 웃었다. 나혜도 자꾸 손님들 쪽으로 시선이 가는 걸 막을 수 없었다. 연예인은 커녕 연예인이 되고 싶어 하는 아이조차 볼 일 없는 오동면에서 유명 인스타그래머는 찬란한 존재감을 뿜어냈다. 한동안 열심히 셀카를 찍던 손님들은 문득 생각났다는 듯 영진에게 물었다.

"여기 사장님 계세요?"

영진은 긴장했다. 어른 손님이 '사장님'을 찾는 건 지난 보름 동안의 경험상 결코 좋은 신호가 아니었다.

"무슨 일 때문에 찾으시는데요?"

딱딱해진 표정으로 되묻는 영진에게 손님은 예의 바르게 말했다.

"저랑 제 친구가 유튜브를 하는데, 여기 취재를 해도 될지 사장님께 여쭤 보려고요."

유튜브라니? 아이들은 입을 떡 벌렸다. 영진은 손님들에게 양해를 구하고 친구들을 모아 긴급회의를 열었다. 당연하지만 거절할 이유가 없었다.

"네. 취재하셔도 괜찮아요. 대신 저희 얼굴은 안 나오게 해 주세요."

허락을 받은 손님들은 본격적으로 촬영을 시작했다. 주문한 음료와 브라우니가 서빙되어 나오는 과정을 하나하나 찍고, 먹고 마시며 소감을 말하는 자신들의 모습도 찍고, 카페 안팎 구석구석까지 골고루 찍었다. 민서가 디자인한 엽서 시리즈와 마침 사료를 먹으러 뒷문 앞에 온 길고양이 네 형제도 놓치지 않았다. 약 한 시간에 걸친 촬영을 마친 손님들은 비로소 만족스러운 표정을 지으며 자리에서 일어났다.

"따뜻한 아메리카노, 핫초코, 브라우니. 전부 5500원입니다."

영진이 계산을 해 주자 손님들은 아주 잠깐 동안 꼭 빼닮은 서로의 얼굴을 마주 보고 묘한 눈빛을 주고받더니 상냥하게 웃으며 말을 꺼냈다.

"저희 유튜브 조회수가 시작한 지 얼마 안 된 것치고는 상당히 높은 편이거든요. 지난 주말에는 구독자 8만 명 돌파했어요."

무슨 말이지? 갑자기 유튜브 이야기를 하는 손님을 이상하게 여기던 영진은 한발 늦게 깨달았다. 이 손님들은 유명 인스타그래머이자, 인기 유튜버. 그러니까…….

"앗! 음……. 네, 알겠습니다. 그냥 가시면 될 것 같아요."

영진이 엉겁결에 대답하자 손님들의 얼굴에 금세 화색이 돌더니 예의 바르게 인사를 하고 카페를 나갔다. 영진은 복잡한 기분에 빠져들었다. 빈 그릇을 치우러 온 나혜가 작은 목소리로 물었다.

"방금 그 언니들 공짜로 먹고 간 거야?"

"뭐, 그 사람들이 자기 인스타에 우리 소개해 줬으니까…….."

"저렇게 비싼 차 몰고 다니면서 고작 5500원을 아끼냐."

정이는 창밖을 보며 불만스럽게 내뱉었다.

"저 차가 그렇게 비싸?"

"외제차잖아. 몇 천만 원은 할걸."

아이들은 어처구니가 없어졌다. 몇 천만 원이나 하는 외제차를 모는 어른들이 몇 천 원을 아까워하다니. '가진 사람이 한술 더 뜬다'는 어른들의 이야기가 자연스레 떠올랐다. 물론 카페를 공짜로 홍보해 준 건 고마운 일이지만 생각해 보면 아이들이 딱히 홍보해 달라고 부탁한 적도 없었다. 저 언니들은 이곳의 '사장님'이 자기들보다 훨씬 어린 고등학생이라는 사실을 알았어도 돈을 내지 않고 갈 수 있었을까?

다음 날 유명인 손님들이 알려주고 간 유튜브 채널에 들어가 보니 정말로 카페 공장이 담긴 동영상이 올라와 있었다. 드라마 화면처럼 화사한 필터 처리를 해서 찍은 영상 속 카페 공장은 서울의 유명한 카페 못지않게 근사했다. 손님들은 카페 공장의 커피와 디저트에서 '엄마가 만들어 준 것처럼 포근한 맛'이 난다며 칭찬해 주었다. 2분 남짓한 길이의 짧은 영상이었지만 너무 신기하고 기분이 좋아서 공짜로 먹고 갔다고 손님들을 원망했던 마음이 봄눈 녹듯 사라졌다.

영상에는 어느새 댓글이 여러 개 달렸다. 아이들은 각자의 유튜브에 접속해 카페 공장에 가 보고 싶다는 내용이 담긴 댓글마다 열심히 '좋아요'를 눌러 주었다. 개중에는 손님들의 외모를 조롱하고 카페 공장이 구려 보인다고 욕을 하는 악성 댓글도 끼어 있었다. 아이들은 신고 처리로 악성 댓글들을 응징했다.

그 주에는 더욱 많은 외지 손님들이 카페 공장에 찾아왔다. 서울의 잘나가는 카페에 드나드는 손님들처럼 한껏 멋부리고 온 손님들은 하나같이 미리 짠 것처럼 유튜버들이 소개했던 아메리카노와 핫초코, 브라우니를 주문했다. 커피와 핫초코를 동시에 만드는 게 힘들어진 아이들은 음료 두 잔과 브라우니 하나를 주문하면 총액에서 1000원을 깎아 주는 '아메우니' 2인용 세트 메뉴를 개발했다. 손님들은 돗자리에 한 번 앉아 보겠다고 줄을 서서 기다리고, 길고양이 네 형제의 사진을 찍기 위해 뒷문 앞을 한참 서성이다 배추밭을 배경으로 인증 사진을 찍었다.

외지 손님들이 찾아오기 시작한 지 3주일이 지났다. 그동안 찻잔 세 개, 디저트 접시 두 장이 사라졌다. 세 장이었던 무릎 담요는 두 장으로 줄었다. 막 닦아 놓은 거울처럼 반짝였던 개다리소반 귀퉁이에는 긁히거나 파인 상처들이 무수히 생겼고 어지간하면 망가지지 않을 것 같았던 철제 의자의 다리 한 짝이 고장 났다.

이상 기온으로 낮 기온이 초여름처럼 따뜻해진 세 번째 주말은 전쟁터를 방불케 했다. 토요일 하루에만 백 명 가까운 손님들이 카페 공장을 다녀갔다. 네 아이들은 커피 내리기와 설거지, 서빙과 계산을 동시에 하느라 정신이 없었다. 정이는 어느 날 급식을 먹다가 파스를 붙인 손목 안쪽이 전기가 오른 것처럼 찌르르해 저도 모르게 젓가락을 떨어트리는 일을 겪은 뒤 핸드 밀 그라인더를 그만 써야겠다고 생각했다. 계속 그라인더 손잡이를 수천 번씩 돌리다가는 어느 날 갑자기 손을 못 쓰게 될 것 같아 겁이 났다. 영진은 정이를 위해 인터넷 쇼핑몰에서 6만 원짜리 전동 그라인더를 주문했다. 그라인더를 자동식으로 바꾼 것만으로 상당히 편해졌다.

민서가 디자인한 엽서는 마침내 전부 팔렸다. 얼마간의 돈을 손에 넣은 민서는 인터넷에서 엽서를 제작해 주는 쇼핑몰을 찾아 소량 인쇄를 의뢰했다. 그렇게 만드는 편이 집에서 프린트하는 것보다 돈도 덜 들고 품질도 좋았다. 쇼핑몰에서는 스티커와 뱃지도 함께 제작해 주었다. 비교적 돈이 덜 드는 스티커를 한 번 만들어 보고 싶어진 민서는 길고양이 네 형제를 모델로 삼아 카페 공장의 오리지널 캐릭터를 그려 스티커로 만들었다.

기상천외한 진상 손님들이 줄지어 나타났다. 나이가 많은 손님 중에는 외부 음식을 싸 들고 와서 먹는 사람들이 종종 있었는데 한번은 커다란 플라스틱 보관 용기에 싸 들고 온 김밥과 무말랭이 반찬까지 본격적으로 늘어놓고 먹는 손님들이 있었다. 옆자리 손님들이 코를 싸쥐는데도 손님들은 아랑곳하지 않고 점심 식사를 즐겼다. 아이들은 '외부 음식 반입 금지'라는 메시지를 커다랗게 프린트해 벽과 메뉴판에 붙여 놓고 인스타그램 계정에도 공지를 올렸다.

주문한 음료만 홀랑 마시고 사람이 많은 틈을 타서 계산을 하지 않고 도망쳐 버린 '먹튀' 손님도 등장했다. 금연이라고 써 붙여 놓은 외벽 앞에서 보란 듯 담배를 피우고 꽁초까지 내버리고 가는 손님, 카페가 자기 집 안방인 것처럼 쩌렁쩌렁한 목소리로 한참 동안 전화 통화를 하는 손님, 찬 음료가 너무 차다고 항의를 하는 손님이 있는가 하면 뜨거운 음료가 너무 뜨겁다고 불평하는 손님도 있었다. 음악 소리가 너무 크다는 항의에 스피커 볼륨을 줄이면 다른 쪽에서는 음악 소리가 너무 작다고 불평했다. 돗자리에 청국장보다 더한 고린내를 풍기는 등산용 양말을 떡하니 벗어 놓고 간 아저씨도 있었다. 고린내 아저씨는 바로 다음 날 카페로 찾아와서 자기가 두고 간 양말을 내놓으라고, 마치 멀쩡하게 신고 있던 양말을 아이들이 일부러 벗겨 내 숨기기라도 한 것마냥 성을 냈다. 아이들이 각자 일하느라 정신없는 틈을 타서 종이 쿠폰에 도장 여러 개를 순식간에 찍고 도망친 치사한 손님도 있었다.

태풍의 영향으로 비가 억수같이 내리던 어느 주말, 혼자 카페에 찾아온 남자 손님은 메뉴판을 갖다 준 민서를 붙들고 매일 여기서 일하냐, 시급은 얼마 받느냐는 등 쓸데없는 질문을 계속 던졌다. 별생각 없이 대답해 주던 민서는 그날 밤 카페 공장 인스타그램에 접속했다가 낯선 계정으로부터 밑도 끝도 없는 내용이 담긴 쪽지를 받았다.

— 긴머리에 초록색 옷 입은 알바분 이름 좀 알려주세요

— 네?

— 친절하고 이쁘셔서요. 하하 오해는 마시고요

소름이 쭉 끼쳤다. 민서는 오늘 낮에 초록색 스웨터를 입고 카페에서 일했다. 뜬금없는 질문을 퍼붓던 남자 손님이 보낸 쪽지인 것 같다는 본능적인 예감이 들었다. 겁에 질린 민서는 당장 친구들에게 알렸고 영진이 민서를 대신해 답쪽을 보냈다.

안녕하세요? 카페 사장입니다. 저희 직원은 미성년자입니다. (^^)
계속 이러시면 오늘 CCTV에 녹화된 내용으로 경찰에 신고하겠습니다.

쪽지를 보낸 계정은 아무 대답 없이 인스타그램을 탈퇴했다. 수상한 남자 손님도 두 번 다시 카페에 찾아오지 않았다. 깡통이나마 눈에 띄는 곳에 CCTV를 설치해 놓기를 잘했다고 민서와 아이들은 안도의 한숨을 쉬었다.

그 어떤 기준으로도 분류하기 어려운 손님도 있었다. 벽에 붙인 포스터를 팔아 달라는 손님이었다. 호돌이가 그려진 올림픽 포스터를 탐낸 그 손님은 '컬렉터'라는 단어로 자기를 소개했다. 아이들이 곤란해하자 손님은 직접 사장님을 설득해 보겠다며 억지를 부렸다. 사장님이 자기 눈앞에 서 있는 네 명의 고등학생들이라는 사실은 꿈에도 모르는 손님은 돌아가고 나서도 장문의 인스타그램 메시지를 보내 포스터 가격을 제시해 달라고 매달리다가 영진이 '사장님' 명의로 보낸 거절의 답장을 받고 나서야 물러났다.

이토록 대화가 통하지 않는 어른 손님들은 항상 덮어 놓고 사장님부터 찾았다. 카페에 나오지 않는 가상의 사장님은 인스타그램 계정에만 존재했다.

아이들은 다양한 손님들을 상대하며 받은 스트레스를 인터넷에 올라온 후기를 찾아보며 달랬다. '빈티지한 인테리어', '가성비 좋음', '힐링 되는 분위기', '특이한 컨셉', '힙한 카페'. 지난 여름방학 불볕더위를 뚫고 겨우겨우 찾아갔던 연남동 카페를 설명하던 것과 꼭 같은 수식어들이 그대로 카페 공장에 따라붙는 모습을 아이들은 불가사의한 기분으로 지켜보았다.

"이거 봐. 트위터에도 떴어."

학교에 간 아이들에게 수연이 찾아오더니 트위터 화면을 보여 주었다. 아이들은 눈이 휘둥그레졌다. 제일 처음 트위터에 올라 온 내용은 카페 공장에 다녀간 손님이 자기 계정에 올린 사진이었다. 돗자리를 배경으로 커피와 브라우니를 찍은 그 사진을 또 다른 트위터 이용자가 자기 계정에 '인용 알티(RT)'를 해 놓고 의견을 덧붙여 놓았다.

평범한사람 @oldandgood 8h
배경에 슬쩍 보이는 돗자리가 심상찮음. 화문석인 듯한데...

"심상찮다니, 이게 무슨 말이지?"

"우리 욕하는 거 아냐?"

"팔로워도 많은데."

아이들은 '평범한사람'의 트위터 계정을 쭉 살펴보았다. '낡은 물건에 관심이 많은 평범한 사람'이라는 알쏭달쏭한 문장으로 자기를 소개해 놓은 평범한사람의 계정은 각종 빈티지 골동품에 대한 정보로 가득했다. 평범한사람은 사진에 찍힌 카페 공장의 돗자리가 진품 강화도 화문석인 것 같다며, 시골 카페에 그런 귀한 물건이 있는 게 신기하다는 이야기를 연관 멘션 타래로 달아 놓았다.

영진은 어릴 적에 엄마에게 듣고 금방 잊어 버린 사연이었지만, 그 돗자리는 옛적 꽃돗자리 짜는 초고장(草藁匠) 명인이 강화도 왕골로 짠 화문석으로 가치가 있는 물건이었다. 평범한사람이 올린 멘션들은 트위터의 리트윗 기능을 타고 카페 공장의 사진과 함께 널리 퍼져 나갔다. 유명인의 인스타그램에 태깅이 되었던 때처럼 순식간에 벌어진 일이었다.

"나혜 아직도 안 왔어?"

영진이 발을 동동 구르며 물었다. 정이는 그라인더에 새 원두를 채워 넣고 커피 여과지를 보충하느라 정신이 없었고 민서는 빈 테이블을 서둘러 걸레질하며 건성으로 답했다.

"몰라. 나혜 안 왔어? 아 네, 잠시만요. 금방 드릴게요!"

다들 눈코 뜰 새가 없었다. 일요일이라 아침밥을 먹는 둥 마는 둥 부리나케 카페로 뛰어왔더니 벌써 찾아온 손님들이 오솔길에 자동차를 대 놓고 기다리고 있었다. 아이들은 사방에서 부르는 손님들의 요구에 맞추어 이리 뛰고 저리 뛰며 진땀을 뺐다. 이렇게나 바쁜데 나혜가 아직 카페에 나오지 않고 있었다. 언제까지 나온다, 혹은 못 나온다는 연락도 없는 채였다.

"저기요. 우리 커피 언제 나오는데요?"

돗자리에 앉은 여자 손님이 이마를 찡그리며 독촉했다. 영진은 그동안 수많은 손님들을 상대하면서 입에 붙어 버린 말을 읊었다.

"죄송합니다. 핸드 드립이라 시간이 조금 걸려요."

"아는데요, 벌써 20분 넘게 지났어요."

손님은 손목시계를 손톱 끝으로 톡톡 두드리며 쏘아붙였다. 영진은 어쩔 수 없이 커피를 내리느라 여념 없는 정이를 다시 한 번 채근하는 수밖에 없었다. 나혜도 참, 하필 이렇게 손님이 밀려드는 날에 안 나올 건 뭐람. 무책임하고, 나혜답지 않았다. 비좁은 싱크대에는 어느새 설거지거리가 산더미처럼 쌓였다. 정이는 커피 내리기만 해도 벅찼고 영진과 민서가 번갈아 가며 설거지를 했다.

그동안 카페 공장에는 쉬는 날이 명확하게 정해져 있지 않았다. 손님들이 밀려들기 전에는 둘이나 셋이서만 카페 일을 봐도 충분했기에 누구든 카페에 못 나올 성싶으면 단톡방이나 학교에서 말을 하고 안 나가면 그만이었지만 이제는 상황이 변했다. 둘이서만 일하는 건 꿈도 못 꾸고 오늘 같은 주말이면 넷이서도 힘에 부쳤다. 눈 돌아가게 바쁜 마당에 제일 일손 빠른 나혜가 나오지 않으니 보통 힘든 게 아니었다. 아이들은 나혜에게 언제 올 거냐는 독촉 카톡을 연거푸 보냈지만 나혜는 아직 메시지 확인조차 하지 않았다.

"저희 아메우니 세트 하나요."

또 다른 테이블에서 주문이 들어왔다.

"죄송해요. 지금 디저트가 다 떨어져서요."

"벌써요? 여기 오픈한 지 30분밖에 안 지나지 않았어요?"

황당해하는 손님 앞에서 영진은 진땀을 흘렸다. 디저트는 언제나 나혜가 집에서 만들어 오는데 오늘은 나혜가 오지 않은 탓에 어제 팔다 남은 디저트만으로 버텨야 했다. 두 조각 남아 있던 재고는 눈 깜짝할 새 팔려 버렸다. 민서가 부랴부랴 메뉴판의 디저트 목록 위에 포스트잇으로 '디저트 전 종류 솔드아웃'이라고 써 붙였다. 그럼에도 손님들은 자꾸만 브라우니와 치즈케이크를 찾았다. 아이들은 다 큰 어른이 한글도 못 읽냐며 따져 묻고 싶은 것을 참고 디저트가 다 팔려서 없다는 해명을 반복했다.

북새통 속에서 해가 지고 카페 문을 닫은 세 아이들은 고강도 트레이닝을 받고 난 운동선수처럼 녹초가 되었다. 최고로 힘든 날이었다. 청소도 다음 날로 미루어 놓고 도망치듯 카페에서 빠져나왔다. 점심도 굶고 일했던 아이들은 정신없이 편의점에 뛰어들어가 손에 잡히는 대로 컵라면과 삼각김밥을 쓸어 담았다.

"으아. 이제야 겨우 정신이 드네."

왕뚜껑 라면 국물을 단숨에 마셔 없앤 정이가 벌겋게 물든 입술을 휴지로 닦으며 말했다. 민서는 쉬지 않고 테이블 걸레질을 반복한 탓에 욱신거리는 어깨를 주무르며 한숨을 내쉬었다.

"딱 한 명 빠진 것뿐인데 힘들어 죽겠다."

"나혜가 워낙 일을 잘했잖아. 설거지도 잘하고, 청소도 잘하고."

"나혜는 대체 왜 안 온 거야? 아직도 답톡 안 왔어?"

세 아이들은 나혜를 성토하며 단톡방에 접속했다. 때마침 나혜의 카톡이 들어와 있었다.

나혜: 얘들아 미안

영진: 무슨 일이야?

나혜: 엄마한테 대박 혼나서 못 나갔어

정: 헉. 왜?

나혜: 가스비 너무 많이 나온다고...

민서: 그렇다고 말도 없이 안 나오면 어떡해? 하루종일 손님들이 디저트 왜 안 파냐고 난리 쳤어

정: ㅁㅈ 완전 개난리였다고

나혜: ㅇㅇ

영진: 이제 카페 나올 수 있는 거야?

나혜: 그건 봐야 알 듯

"얘 왜 이렇게 건성으로 대답해?"

"그러게. 별로 미안해하지도 않는 것 같네."

아이들은 당황스러웠다. 둥글둥글한 얼굴처럼 늘 둥글둥글하게 좋은 말만 하는 나혜가 왜 이러나 싶었다. 다음 날 학교에서 나혜에게 자초지종을 들을 수 있었다.

"너 오븐이 가스를 얼마나 많이 잡아먹는 줄 알아? 뭐 하느라 매일같이 늦은 밤까지 오븐을 돌리는 거야?"

그제 저녁에 있었던 일이었다. 빵 구울 준비를 하는 나혜의 눈앞에 엄마가 가스비 고지서를 들이대며 캐물었다.

"그냥. 쿠키 같은 거 조금 만들었어."

"조금은 무슨. 보니까 너 밀가루랑 설탕도 엄청 많이 사다 놨더라? 어디서 빵 장사라도 하는 거야?"

엄마 말에 정곡을 찔렸다. 뜨끔해진 나혜는 저도 모르게 언성을 높이며 변명했다.

"그런 거 아냐. 그냥 학교 친구들이 너무 좋아해서 많이 만든 거야. 엄마도 김치 담그면 동네방네 다 나눠 주잖아."

엄마는 어처구니없다는 듯 웃음을 터뜨렸다.

"얘! 그건 아빠가 배추를 너무 많이 들고 오니까 어쩔 수 없이 많이 담그는 거지. 하여간 돈 한 푼 못 버는 게 말은 잘해요."

명치끝에서 욱하는 것이 치밀고 올라왔다. 돈 한 푼 못 번다니, 내가 얼마나 고생하는데. 적어도 가스비보다는 훨씬 많이 벌었을 걸. 나혜는 원망에 차서 내쏘았다.

"왜 그런 식으로 무시해?"

"내가 뭘 무시했는데?"

"방금 엄마가 나보고 돈 한 푼 못 번다고 무시했잖아."

"얘가 철딱서니 없이 왜 이래. 너 엄마 아빠 얼마나 힘들게 일하는지 몰라서 그래?"

오동면 토박이 출신인 나혜네 부모님은 할아버지에게 물려받은 땅에 쌀농사를 지었지만 몇 년 전부터 쌀농사만으로는 돈이 되지 않아 고민하다 결국 농사를 그만두기로 했다. 나혜 아빠는 오동면에서 식자재 가공 공장을 하는 친구에게 일자리를 소개받았고, 칠동면에서 고깃집을 하는 나혜 엄마 친구에게 소개받은 사람에게는 농지를 팔았다. 엄마는 땅 판 돈을 불려 동네에 배달 치킨집을 차린다는 목표를 세우고 올해부터 K시에 있는 사립대학교의 평생교육원에서 프랜차이즈 창업 교육을 받고 있었다. 엄마는 매일 아침 일찍 일어나 아빠의 도시락과 함께 학교에서 먹을 저녁 도시락을 싸 들고 K시로 향했다. 아빠는 한 대뿐인 자동차를 엄마의 통학 길에 양보하고 공장까지 걸어서 출퇴근했다.

"알아. 나도 일하는 게 얼마나 힘든지 잘 안다고."

나혜는 진심으로 말했다. 치킨집을 차린다는 목표가 생긴 엄마는 그 어느 때보다 즐거워 보였으니까. 수험생마냥 평생교육원에서 배워 온 내용을 열심히 복습하는 엄마의 눈은 어린아이 같은 생기로 반짝거렸다. 엄마에게 치킨집이 있다면 나혜에게는 디저트가 있었다.

나는 이제 엄마 마음을 이해하게 되었는데, 막상 엄마는 케이크를 만들지 말라고 한다. 사실을 고백하면 엄마는 나를 이해해 줄까? 케이크를 팔아서 가스비보다 많은 돈을 번다는 사실을 알면 오븐을 계속 쓰게 해 줄까? 생각하니 자신이 없어지며 머리가 복잡해졌다. 엄마는 어물거리는 나혜에게 쏘아붙였다.

"네가 알긴 뭘 알아? 아무튼 너 앞으로 오븐에 손대기만 해 봐!"

이윽고 자다 깨서 신경질이 난 아빠가 방에서 나와 두 사람에게 소리를 질렀고 모녀의 싸움은 싱겁게 끝을 맺었다. 나혜는 방에 틀어박힌 채 밤새 엄마를 원망하다 그만 허탈해지고 말았다. 처음 디저트를 만들었을 때는 그저 재미있기만 했는데, 일이 많아질수록 힘에 부쳤다. 외지 손님들이 찾아오기 시작한 뒤로는 정신이 하나도 없었다. 너무 오븐을 많이 돌려서 낡은 오븐이 고장 날 뻔한 적도 있었다. 그때는 오븐을 망가뜨렸다고 엄마에게 혼나는 것보다 디저트를 못 만들어 친구들과 손님들을 실망시키는 게 더 무서웠다.

그런데 친구들은 디저트 만드는 게 얼마나 힘든 일인지 엄마만큼이나 이해하지 못하는 것 같았다. '나혜가 더 많이 만들어 오면 되잖아?'라고 속 편한 소리를 할 때도 있었다. 내가 디저트만 만드나, 커피 내리는 일도 거들고 청소랑 설거지까지 하는데. 티를 안내서 그렇지. 다른 친구가 대충 씻어 놓은 그릇을 다시 씻어 놓을 때도 많았다는 걸.

엄마를 향한 원망은 친구들을 향한 원망으로 번졌고, 속상해하다 날이 샐 즈음 곯아떨어진 나혜는 점심나절까지 늦잠을 자고 말았다. 단톡방에는 친구들이 보낸 메시지가 한가득 쌓여 있었다. 그걸 보니 한층 마음이 무거워져 도저히 카페에 갈 수가 없었다.

"그럼 이제부터는 나혜 집에서 디저트 못 만든다는 거지?"

자초지종을 듣고 난 정이가 물었다. 나혜는 아마도, 하며 힘없이 고개를 끄덕였다. 영진이 말했다.

"어쩔 수 없네. 집에서도 계속 일하는 건 나혜뿐이었으니까. 그동안 너무 고생했지."

그러자 민서가 볼멘소리로 중얼거렸다.

"나도 매일 밤 늦게까지 집에서 인스타그램 관리하는데?"

"인스타는 너 혼자 관리하는 게 아니잖아."

정이가 끼어들어 받아치는 바람에 민서는 발끈했다.

"솔직히 나 혼자 거의 다 하거든? 사진 편집하고 홍보 글 올리고, 스팸 계정 신고까지 나 혼자 다 하는 거 알아? 내가 말 안 꺼내면 인스타 관리는 아무도 신경 안 쓰면서."

숱 많은 정이의 눈썹이 위로 치켜올라 갔다. 저 혼자서만 고생하는 양 억울해하는 민서의 태도가 심기를 거슬렀다. 정이는 손목에 붙인 파스를 손가락으로 톡톡 두드리며 소리쳤다.

"야, 그렇게 치면 커피는 나 혼자 거의 다 만들고 있거든?"

민서의 하얀 얼굴이 순식간에 새빨개졌다. 지켜보던 영진은 어이가 없었다. 지금 누가 더 고생했는지 불행 배틀 하는 시간이라, 이거지? 영진은 본격적으로 씩씩거리기 시작한 민서와 정이의 말허리를 자르며 따발총처럼 쏟아부었다.

"너희 뭐야? 그런 식으로 따지면 돈 관리는 나 혼자 다 한다. 커피는 몇 잔 팔리고 디저트는 몇 인분이 나가는지, 계산할 때마다 일일이 체크하는 게 쉬운 일인 줄 알아? 그리고 유정, 염민서. 너희 툭하면 지각하잖아. 거의 매일 나랑 나혜 둘이서만 청소하잖아. 언제까지 민폐 끼칠 거야?"

"뭐야. 그냥 우리 올 때까지 기다렸다가 같이 하면 되잖아."

"하! 어느 세월에?"

목소리를 높이는 친구들 앞에서 나혜는 안달복달했다. 단짝들끼리 싸우는 게 너무 싫었고, 싸움의 원인이 자신이 되는 건 그보다 더 싫었다.

"야, 너희들 왜 그래. 싸우지 마."

나혜는 울상이 되어 아이들을 뜯어말렸다. 정이가 욕을 뱉으며 중얼거렸다.

"뭐야 이거…… 누가 시켜서 하는 것도 아닌데 왜 이렇게 스트레스 받을 일이 많냐?"

카페 공장은 학교에서 내주는 숙제와는 다르다. 부모님이나 선생님 누구도 등 떠민 적 없이 오롯이 우리들끼리 시작한 일이다. 탓할 상대도 없고 명분도 없다. 그래서일까? 자꾸만 힘든 건 나 혼자뿐이라는 생각에 빠져들게 된다. 그런 생각은 스스로를 외로운 궁지에 몰아넣을 뿐인데도.

민서는 울어서 벌겋게 된 눈가를 휴지로 닦으며 말했다.

"우리끼리 그냥 재미있게 시작한 카페였는데, 뭐 이래."

"장사가 이렇게까지 흥할 줄 누가 알았냐."

"내가 괜히 디저트 만든다고 했어. 그냥 디저트 팔지 말까?"

나혜는 후회를 담아 말했다. 그러자 정이가 멀리서 손수레를 밀고 걸어가던 할머니가 깜짝 놀라 쳐다볼 만큼 큰 소리로 버럭 소리 질렀다.

"그게 무슨 말이야!"

아이들은 깜짝 놀라 정이를 바라보았다. 정이는 나혜에게 따져 물었다.

"디저트를 왜 없애? 우리 생크림 브라우니가 얼마나 맛있는데!"

나혜는 어안이 벙벙해졌다. 민서는 코를 훌쩍이며 스마트폰을 집어 들었다. 그동안 민서는 다녀간 손님들이 블로그와 인스타그램에 남긴 후기를 빠짐없이 화면 캡쳐를 해서 저장해 놓았다. 민서는 저장한 이미지들을 보여 주며 울먹였다.

"이거 봐. 손님들도 우리 디저트 존맛이라고 칭찬한단 말이야."

— 브라우니 진짜 맛있어요
— 평범한 것 같은데 돌아서면 생각나는 치즈케이크

손님들이 찍어 준 케이크 사진과 후기를 보며 나혜는 가슴이 먹먹해졌다. 내 케이크가 이렇게 많은 사람들에게 기쁨을 주었구나. 막 케이크를 받았을 때는 반신반의하다가 포크를 입에 넣은 순간 부드럽게 풀어지는 손님들의 얼굴을 다시는 볼 수 없다고 생각하니 가슴이 쓰라렸다.

"나혜야, 집에서 못 만들면 카페에 미니 오븐 사 놓고 만들면 어때?"

영진의 제안에 나혜는 놀라서 콧물을 훌쩍 들이켰다.

"미니 오븐으로는 조금씩밖에 못 만드는데."

"괜찮아. 조금만 만들어서 조금씩 팔면 되지, 미니 오븐 가격도 생각보다 비싸지 않더라."

"그래. 디저트 먹고 싶은 손님들은 알아서 일찍 와서 줄 서라고 해. 유명 맛집들 보면 오전 중에 다 팔아치우고 '재료가 떨어졌습니다' 하고 써 놓고 문 닫잖아. 우리도 그러지, 뭐."

모두 나혜를 응원하는 동시에 자기 스스로를 응원하는 마음이었다. 우리끼리 시작한 카페니까 문을 닫는 것도 언제든 우리 마음대로지만 카페 문을 닫자는 말만큼은 나오지 않았다. 서로 눈치가 보여서? 아르바이트 자리 하나 없는 동네에서 용돈을 벌 수 있으니까? 정말 그뿐일까? 누구도 등 떠민 적 없는 일에 이토록 매달리는 건 어째서일까.

"우리 카페 아직 재미있잖아. 안 그래? 힘들어도 재미있잖아."

정이의 솔직한 말이 모두의 머리와 마음을 열었다. 카페 공장은 재미있다. 책임감이나 자기만족 같은 말을 붙일 필요도 느끼지 못할 만큼 재미있으니까 계속 하는 것뿐이었다. 아이들은 지금껏 이만큼 재미있는 일을 해 본 적도, 이렇게 많은 사람들에게 관심을 받은 적도 없었다.

아이들에게 오동면은 너무 비좁고 너무 그대로였다. 먼 옛날부터 한 자리에 붙박여 있는 산과 논밭에 에워싸인 일상은 평화롭고 다정했지만 숨이 막혔다. 무리해서 서울로 나들이를 다녀와도 그때뿐이었다. 이웃들과 똑같은 일을 하며 살아가는 부모님들의 지치고 굳은 얼굴을 보면 자신들의 미래가 겹쳐 보여 우울해지고는 했다.

아이들의 숨을 트여 주는 것은 하루 종일 손에 쥐고 사는 작은 스마트폰 뿐이었다. 스마트폰이 보여 주는 세상은 한없이 넓고 화려하고 시시각각 바뀌었다. 스마트폰을 끄고 변함없는 동네 풍경을 바라보면 언젠가 대학에 가면, 어른이 되면, 엄마나 아빠하고는 다른 삶을 살아 볼 수도 있을 거라는 희망은 제대로 부풀어오르기 전에 기가 죽고는 했다.

한 자리에 그대로 머물러 있는 것에는 나름의 소중함이 있다는 삶의 이치를 깨닫기에 아이들은 아직 한창 자라는 와중이었다. 열 평 남짓한 카페 공장은 스마트폰과 서울에만 존재하던 넓은 세상을 아이들과 연결해 주는 정거장이었다.

"그래. 재미없어지면 그때 가서 다시 생각하자."

아이들은 나혜를 위해 미니 오븐을 샀다. 나혜는 미니 오븐으로도 똑같이, 아니 예전보다 더 맛있는 케이크를 만들어 냈다. 케이크가 다 떨어지면 매진 알림글을 붙이고 팔지 않았다. 나혜의 케이크에는 '오픈 시간 맞춰 가지 않으면 못 먹는 전설의 완판 브라우니'라는 수식어가 붙어 더욱 유명해졌다.

카페 공장이 문을 연 지 석 달째 되는 날 인스타그램 팔로워 천 명을 넘겼다. 팔로워가 많아진 인스타그램에는 툭하면 스팸 댓글이 달렸다. 스패머들의 종류도 다채로워졌다. 카페 전문 인테리어 시공 업체, 카페 전문 베이커리 납품 업체, 식자재와 일회용품 도매상 플랫폼, 3개월 기장(記帳) 무료 혜택을 제공하는 세무사 연결 사이트, 이미 카페를 운영하고 있는 사장들에게 카페 영업 지식을 가르치는 학교까지 있었다. 아이들은 이토록 많은 사람들이 카페와 관련 있는 일을 하고 있다는 사실에 놀라워했다.

"차영진!"

찬바람보다 더 차가운 목소리가 울려 퍼졌다. 손님에게 내어 줄 거스름돈을 세던 영진은 소스라쳤다. 활짝 열린 미닫이문 너머에 엄마가 서 있었다.

"너 여기서 뭐 하는 거야?"

엄마는 숨을 헐떡이며 카페 안으로 들이닥쳤다. 주방일을 하던 정이와 나혜와 민서는 너무 놀라 그 자리에 얼어붙었다.

"나? 지금 일하는 중이야."

말은 침착하게 했지만 영진의 손끝은 제멋대로 떨리기 시작했다. 손님이 허리를 굽혀 영진이 바닥에 떨어트린 동전을 대신 주워 들었다. 엄마가 득달같이 캐물었다.

"일? 무슨 일?"

"보면 몰라? 카페에서 일하고 있잖아."

엄마는 기가 찬 듯 말을 잃었다. 세 아이들은 슬금슬금 눈치를 보며 영진 엄마에게 인사했다. 엄마는 아이들에게 다그쳐 물었다.

"너희들 설마 다같이 여기서 일하는 거니?"

"어, 네."

"언제부터? 부모님 허락은 받았어?"

아이들은 우물쭈물했다. 이윽고 영진 엄마의 눈에 카페 한켠에 활짝 펼쳐진 돗자리가 들어왔다.

"어머머, 저거 우리 집 화문석이잖아? 저게 왜 여기 있어? 잠깐, 저건 우리 집 웨지우드 찻잔 아니야?"

연달아 경악에 찬 말을 내뱉는 영진 엄마의 등 뒤에는 오동 중학교 교복을 걸친 깡마른 남자아이가 노인처럼 구부정한 등을 하고 서 있었다. 남자아이는 영진의 동생 영준이었다. 뾰로통하게 아랫입술을 내민 얼굴을 보는 순간 영진의 머리 꼭대기까지 피가 몰렸다. 영준은 한 달쯤 전에 중학교 친구들을 쫓아 카페 공장에 찾아왔다가 영진에게 딱 걸렸다. 누나는 여기서 뭐 하느냐고 황당해하는 영준에게 친구들을 도와주는 거라고 대강 둘러대고서는 엄마 아빠한테는 말하지 말라고 입막음용으로 만 원이나 쥐어 주었다.

"치사한 자식. 돈까지 받아 놓고 뒤통수치기야?"

영진은 영준의 팔뚝을 휘어잡으며 분노를 담아, 그러나 엄마와 손님들에게는 들리지 않도록 작게 속삭이며 으름장을 놓았다. 영준은 몸부림을 치며 소리쳤다.

"놔! 내가 이른 거 아니거든!"

"구라치지 마. 네가 이른 거 아니면 뭔데?"

"진짜 아니라니까!"

눈앞에서 딸과 아들이 몸싸움하는 꼴을 보는 엄마는 까무러칠 지경이었다. 이게 무슨 날벼락인지 모를 일이었다. 영진은 언제부터 이 카페에서 일했던 것이며, 돌아가신 친정엄마에게 물려받은 귀한 화문석은 왜 여기 땅바닥에 깔려 있는 건지. 현기증이 밀려왔지만 엄마는 어른답게 금방 정신을 바로잡고 영진과 영준을 붙들어 떼어 낸 뒤 호통을 쳤다.

"학생이 하라는 공부는 안 하고 무슨 알바야? 여기 사장님 누구야? 부모님 동의도 안 받고 애들한테 일을 시키는 사람이 어디 있어? 당장 사장님 나와 보라고 해!"

영진네 집에 놀러 가면 언제나 화사한 앞치마를 두르고 과일을 깎아 주던 우아한 영진 엄마가 추상같이 고함을 지르는 모습에 아이들은 있는 대로 겁을 집어먹었다.

"저기 아주머니! 싸울 거면 밖에서 싸워요!"

갑자기 중년 남자의 거친 목소리가 들려 왔다. 엄마는 화들짝 놀라 입을 다물었다. 창가 자리에 앉아 있던 외지 손님들이 험악한 표정으로 엄마와 영준을 노려보고 있었다. 이어서 다른 손님들도 질세라 한마디씩 쏘아붙였다.

"조용하게 커피 마시는 곳에서 무슨 난리람?"

"애는 뭐 하러 데려온 거야?"

"추운데 문이나 좀 닫아요!"

엄마는 당황해서 어쩔 줄 몰랐다. 그 틈을 타 영진은 엄마의 손목을 낚아채 카페 밖 멀찍이 선 버드나무 아래로 끌고 갔다.

"손님들한테 민폐잖아!"

영진이 화를 냈지만 엄마는 들은 척도 않고 말을 쏟아 냈다.

"너, 엄마한테 제대로 설명해. 중간고사 성적 떨어진 것도 여기서 노느라고 그런 거였니?"

영진은 참지 못하고 소리질렀다.

"놀긴 누가 놀아? 일하는 거라고 했잖아!"

"어디 엄마한테 소리를 빽빽 질러? 동네 사람 다 듣겠다!"

엄마는 발을 동동 구르며 다그쳤다. 영진은 울그락푸르락해졌다. 잔뜩 겁을 집어먹은 영준은 엄마의 등 뒤에 갓난아기처럼 찰싹 달라붙어 있었다. 영진은 영준을 향해 눈을 부라리며 으르댔다.

"배신자 새끼. 내가 너 죽여 버릴 줄 알아."

엄마는 온몸을 파르르 떨며 영진의 등짝을 손바닥으로 몇 번이나 내리갈겼다.

"얘가! 못 하는 소리가 없어!"

영준은 억울해 미치겠다는 표정으로 엄마 등 뒤에서 소리질렀다.

"아, 진짜로 내가 먼저 이른 거 아니라고! 엄마가 졸라 캐물어서 나도 어쩔 수 없었다고!"

"온 동네에 저 카페 소문 다 났어. 지난주에는 우리 교회 권사님까지 다녀가셨단다. 여기가 인터넷에서도 유명하다며? 권사님도 누가 차린 가게인지 모른다고 하시고, 나도 이 동네 살면서 들어본 적이 있어야 말이지."

이렇게 외지인들이 많이 찾아오는데 어른들이 카페의 존재를 모른 척할 리가 없었다. 그러니까…… 올 것이 와 버린 것이다. 영준이건 누구건 탓할 일이 아니었다. 영진은 엄마의 등을 마구 떠밀었다.

"집에 가서 설명할 테니까 일단 가 엄마. 여긴 나한테 정말 중요한 곳이란 말이야. 단순한 알바 같은 게 아니라고."

"알바 아니면 뭔데?"

"여기는…… 그냥 우리끼리 재미있게 지내는 곳이야. 그뿐이야."

엄마는 털끝만치도 납득하지 못한다는 표정으로 되물었다.

"너희들끼리 재미있게 하는 카페에도 당연히 어른 책임자가 있을 거 아냐? 책임자하고 엄마랑 제대로 이야기를 한 다음에 너희들이 일할지 말지를 정하는 게 순서지. 안 그래? 엄마 말 틀려?"

영진은 입을 다물었다. 어른들이 정론을 펼치면 받아칠 재간이 없어서 더욱 분하다. 거짓말을 해도 야단을 맞고 사실을 말해도 야단을 맞는다면 사실을 있는 그대로 털어놓는 편이 가장 낫다는 걸 영진도 알고 있지만 마음으로 받아들이기 힘들었다. 아이들은 어른들 앞에서 자꾸 거짓말을 한다. 으르대고 다그치기만 하면 아이들이 진실을 말하기는 더욱 어려워진다는 걸 어른들만 모른다.

영진이 엄마와 옥신각신하는 사이 오솔길에 자동차가 한 대 멈추어 서더니 또 다른 손님들이 내렸다. 영진은 손을 크게 휘둘러 엄마를 뿌리쳤다.

"나 일하러 가야 해. 집에서 얘기해 엄마!"

엄마는 카페를 향해 고삐 풀린 망아지처럼 달려가는 영진의 잔등을 멍하니 바라보았다. 생전 속 썩인 적 없는 모범생 맏딸의 이상한 반항을 어떻게 받아들여야 할지 도무지 알 수 없었다.

그날 밤 영진네 집은 발칵 뒤집혔다. 엄마로부터 영진이 카페에서 몰래 알바를 했다는 사실을 보고 받은 차 준위는 소파에 늘어져 중국 대하 드라마를 보는 소중한 시간에 딸을 꾸짖어야 한다는 사실이 너무나도 귀찮았다. 하지만, 카페 사장이 부모 동의도 없이 영진에게 일을 시켰다는 이야기에는 노발대발하지 않을 수 없었다.

어쩌다 카페 알바를 하게 되었느냐, 누구 꼬임에 빠졌느냐, 카페 사장의 연락처를 내놓으라고 닦달하는 부모님 앞에서 영진은 끝까지 입을 다물기로 마음먹었다. 잘못한 것이 없으니까 변명하기도 싫었다.

다음날 아침 해가 뜨자마자 다른 세 아이 엄마는 영진 엄마의 긴급 연락을 받았다. 엄마들은 동네에 새로 생긴 카페가 외지인들에게 인기를 끌고 있다는 것은 알고 있었지만 네 아이들이 다함께 작당해서 카페에서 아르바이트를 한다는 사실은 몰랐다. 더군다나 아이들이 제 손으로 카페를 차렸으리라고는 상상조차 할 수 없는 일이었다. 정이는 인터넷에 올라온 카페 공장의 칭찬 후기들을 집안 어른들에게 보여 주며 설득을 시도했다.

"그래서 너 돈은 얼마나 벌었냐?"

할아버지의 은근한 질문에 정이는 자랑스레 대답했다.

"우리 카페? 100만 원 넘게 벌었어."

"네 몫으로 떨어지는 돈이 얼마냐고."

"내 몫은 대략 20만 원 정도인가."

컴퓨터 앞에서 인삼밭 CCTV를 보던 현이가 코웃음을 쳤다.

"주말까지 일하고 겨우 이십? 호구네, 호구야."

"넌 가만 있어. 돈 버는 게 그렇게 힘든 거여."

정이는 이때다 싶어 할아버지에게 매달렸다.

"그럼 나 카페 계속 나가도 되는 거지?"

할아버지는 대답 대신 헛기침만 연발하더니 말없이 허리를 두드리며 마사지 의자로 향했다. 손자 교육은 부모 몫인 법이었다. 정이 엄마는 허리에 손을 얹고 딱 잘라 말했다.

"웃기시네. 꿈도 꾸지 마!"

민서와 나혜도 카페 공장에서 일하게 해 달라고 부모님에게 떼를 썼다. 이틀만 지나면 주말이 오고 멀리 찾아온 손님들이 줄을 설 텐데 어쩔 셈이냐고 발을 굴렀지만 부모님들은 서로 짜기라도 한 것처럼 똑같은 말로 되물었다.

"그런 걸 왜 너희들이 신경 써? 카페 사장이 신경 쓸 일이지."

결국 아이들은 사실을 고백하는 수밖에 없었다. '옛 공장 지대에 빈집이 하나 있어서 재미로 카페를 차렸는데, 어쩌다 보니 인터넷에서 대박이 났다.' 말도 안 되는 이야기였다. 부모님들은 아이들이 카페 사장이 시키는 대로 거짓말하는 거라고 생각했다.

영진이 입을 다물자 차 준위는 오동면과 칠동면에 걸친 인맥을 총동원해 사장의 정체를 수소문하기로 결심했다. 부모 허락도 받지 않고 미성년자들에게 아르바이트를 시킨 것만 해도 경을 칠 일인데 아이들의 집안 살림까지 빼돌려 제 업장에 써먹고서는 입단

속까지 시키다니. 순진한 아이들 상대로 이런 몹쓸 짓을 벌인 인간은 마을의 안전을 위해서도 가만 놔두면 안 될 일이었다.

동네 사람들 누구도 본 적 없는 벤츠 승용차가 카페 공장 앞 오솔길에 모습을 드러낸 것은 그로부터 하루 뒤, 수능 시험을 사흘 앞둔 금요일 저녁이었다.

땅부자 아저씨

학교를 마치자마자 자전거를 타고 카페 공장으로 달려간 정이
는 미닫이문에 걸린 자물통에 라이언 캐릭터 인형이 매달린 열쇠
를 꽂아 넣었다. 주변에는 정이 혼자뿐이었다. 영진에게는 외출 금
지령이 떨어졌고 민서와 나혜는 부모님 눈치를 보며 주저했다. 물
론 정이네 부모님도 카페에 나가지 말라고 으름장을 놓은 상황이
었다.

그래서 뭐, 어쩔 건데? 아무도 나를 막을 수 없어. 카페 공장은 내
가 세상에서 제일 좋아하는 곳이고 커피 내리는 건 내가 세상에서
제일 잘하는 일이니까. 정이는 손목에 힘을 주어 열쇠를 돌렸다.

"학생."

가까운 곳에서 굵직한 어른 남자의 목소리가 들려왔다. 정이는 문을 열다 말고 돌아섰다. 몸이 호리호리하고 머리는 희끗희끗한 아저씨가 등산복 차림으로 팔짱을 끼고 서 있었다. 머리를 보면 할아버지 같았지만 푸른색 선글라스를 쓴 얼굴은 주름 없이 팽팽해서 아저씨인 듯도 싶었다. 할아버지건 아저씨건 간에 손님이겠지. 정이는 싱글 웃어 보였다. 아저씨는 성큼 다가오며 물었다.

"학생, 이 동네 살지?"

"네."

"이 카페 언제부터 여기 있었는지 알아?"

"8월부터 열었어요."

정이의 대답을 들은 아저씨의 팽팽한 입가가 부자연스럽게 말려 올라갔다. 웃긴 얘기를 하지도 않았는데 왜 웃는 걸까. 찜찜한 기분이 들었다.

"학생이 여기 관리인이야?"

"네?"

아저씨는 턱짓으로 정이의 손에 들린 자물쇠 열쇠를 가리키며 재차 물었다.

"그거 이 집 열쇠 아냐?"

이상한 아저씨다. 정이는 다른 손으로 스마트폰을 꺼내 단톡방을 열었다.

정: 너네 진짜 안 올 거야?

민서: 나 지금 가는 중

민서만 답톡을 보냈다. 엄마 눈치 보인다며 그냥 집에 가는 듯하더니 결국 정이처럼 카페가 마음에 걸린 모양이었다.

정: 카페에 손님 와 있어. 빨리 와
민서: ㅇㅋ

오솔길에는 아저씨가 몰고 온 듯한 커다란 벤츠 승용차가 서 있었다. 막 설거지한 유리컵처럼 번쩍거리는 표면이 드라마에 나오는 회장님 차마냥 위엄이 넘쳤다. 벤츠가 뭐. 우리 할아버지도 벤츠 있거든? 정이는 콧방귀를 뀌며 카페 문을 열고 들어갔다. 그러자 아저씨도 정이를 뒤따라 안으로 들어왔다. 정이는 전등을 켜고 돌아서서 말했다.

"죄송한데요. 아직 오픈 준비가 안 되어서요. 30분쯤 뒤에 다시 와 주세요."

아저씨는 또다시 피식 웃었다. 그 웃음이 어쩐지 불길하게 느껴졌다. 오픈 전이라고 말했는데도 멋대로 들어와 두리번거리는 태도도 마음에 들지 않았다. 진상 손님인가보다. 아저씨는 정이가 일부러 보란 듯 진공청소기를 꺼내 연결하는데도 나가지 않고 버티고 있었다. 이윽고 민서가 카페에 도착했다.

"손님이야?"

정이는 아저씨를 곁눈질하며 작게 대답했다.

"모르겠어. 좀 이상해."

"진상인가보다."

아저씨는 창가 옆에 비뚜름하게 선 채로 아이들에게 물었다.

"너희들 여기에서 일하는 거 맞지?"

"네. 그런데요?"

"사장님은 어디 계시고?"

또냐, 또. 백만 번째 사장님 찾는 손님. 정이는 싫은 티를 팍팍 내며 대답했다.

"여기는 원래 사장님 따로 없어요."

아저씨는 정이와 민서를 빤히 쳐다보며 다시 물었다.

"그러면 너희들이 여기 사장이야?"

정이와 민서는 소스라치게 놀랐다.

"왜 대답을 못 해? 너희들이 여기 사장이냐고."

당황스러웠다. 그동안 누구도 알아채지 못했던 진실에 대해 물어보는 손님은 처음이었다. 정이는 불안한 마음을 누르며 퉁명스레 말했다.

"뭐 그런 셈인데요. 그러니까 좀 있다 가게 문 연 다음에 오시면 안 돼요?"

아저씨는 팔짱을 끼고 '나 원 참' 하고 혼잣말하더니 또다시 물었다.

"여기 하루 매출 얼마야?"

"몰라요."

아저씨는 코웃음을 치며 되물었다.

"늬들이 사장이라면서 그것도 몰라?"

정이는 발끈했다. 멋대로 쳐들어와 이상한 질문만 퍼붓는 아저씨가 참을 수 없이 불쾌했다. 아저씨는 바지 뒤춤에서 스마트폰을 꺼내 정이 앞으로 불쑥 들이밀었다.

"됐고, 너희들 부모님 연락처 내봐 봐."

마치 부모님이나 선생님이 야단칠 때 같은 말투에 정이의 속이 뒤틀렸다. 언제 봤다고 이래라 저래라야, 이 할저씨가.

"손님이 누구신데 제가 우리 부모님 연락처를 드려야 해요?"

정이의 야멸찬 말대답에 아저씨는 '허!' 하며 마른 웃음을 터뜨렸다. 기분이 좋아서 웃는 웃음이 아니라 어린애들의 잔망스러움에 기막혀하는 어른 특유의 헛웃음이었다. 어른들이 이런 식으로 웃으면 높은 확률로 좋은 소리를 듣지 못한다.

이 아저씨, 분명 꿍꿍이가 있는 것 같은데 속내를 알 수가 없다. 불안한 예감에 정이와 민서는 서로의 손을 꼭 붙들었다. 카페를 열고 처음으로 경찰에 신고할 일이 생길지도 모르겠다는 생각이 들었다.

실실거리던 아저씨는 한순간 얼굴에서 웃음기를 싹 지우고 말했다.

"내가 누구냐고? 이 건물 주인이다."

네 아이들의 집은 발칵 뒤집혔다. 벤츠를 몰고 온 이상한 아저씨는 카페 공장이 있는 건물의 실소유주였다. 진짜 건물주였던 것이다. 게다가 아저씨가 소유한 건물은 카페 공장 하나가 아니었다. 오동면 옛 공장 지역에 지어진 수많은 콘크리트 건물들이 전부 그의 것이었다.

건물주 아저씨에게 전화를 받은 정이네 엄마를 필두로 다른 엄마들이 부랴부랴 카페 공장으로 달려왔다. 건물주 아저씨는 아닌 밤중에 홍두깨 같은 연락을 받고 온 부모님들을 테이블에 앉혀 놓고 점잖게 연설하기 시작했다. 그동안 네 아이들은 벌 받는 꼬마들처럼 구석 자리에 고개를 푹 숙이고 서 있어야 했다.

건물주 아저씨는 호주로 이민을 가서 살고 있었다. 보름쯤 전한국에 일을 보러 들어온 아저씨는 대학생인 맏손녀가 가족 단톡방에 올린 블로그에 들어갔다가 눈을 의심했다. 어디서 본 것 같은 한국 시골 동네에 있는, 역시 어디서 본 것 같은 오래된 건물이 요즘 유명한 '뉴트로 스타일 카페'로 소개되어 있었다. 손녀의 적극적인 협조로 카페에 대한 정보를 알아낸 아저씨는 카페 공장이 작년 말 세상을 떠난 아저씨의 아버지가 30여 년 전 오동면 산자락에 지어 놓은 건물 중 하나라는 사실을 확인할 수 있었다.

아저씨는 즉시 자신의 부동산을 관리하는 회사에 전화를 걸었다. 그 회사는 오동면 일대에 있는 건물들의 전기, 수도, 가스 사용 내역을 낱낱이 훑어보았다. 2년 전부터 세입자 없는 채로 비어 있는 2층 건물에서 지난 8월부터 하루 이틀 간격으로 미량의 전기와 수도가 쓰이다 9월 말부터는 매일 꾸준히 쓰이고 있었다. 누군가 건물을 무단으로 사용하고 있다는 뜻이었다.

부동산 관리 회사가 카페 공장의 전기와 수도를 제대로 끊어 놓지 않은 것과 그 사실을 한참 뒤늦게 발견한 이유는 단순했다. 전국 각지에 아저씨 소유의 부동산은 너무 많은 반면, 카페 공장의 건물은 개중에서도 낡고 가치가 떨어진 탓에 허술하게 관리되던 것이다. 덧붙여 부동산 관리 회사에서 일하는 직원 수는 턱없이 부족했고 아저씨 말을 그대로 옮기자면 '요즘 젊은 애들은 정신머리가 빠져가지고' 직원들이 툭하면 회사를 그만두는 실정이었다.

아저씨는 부동산 회사를 한바탕 들었다 놓았다고 몇 번이나 강조해 말했다. 상황의 심각성을 감지한 엄마들은 일터에 있는 아빠들에게 전화를 걸었다. 아빠들까지 아저씨 앞에 불러 앉혀지자 아이들은 두더지처럼 땅속으로 기어들고 싶었다.

"이거는 명백한 주거침입죄입니다. 고소감이에요."

아저씨가 엄포를 놓았다. 엄마의 전화를 받고 부랴부랴 공장에서 달려온 나혜 아빠가 사람 좋은 웃음을 지으며 나섰다.

"아이고 어르신, 고소라뇨. 애들끼리 한 장난인데요."

"허! 이 양반들 속 편한 소리 하시네. 인터넷에서 이 카페 검색해 본 적 있어요? 여기가 아주 유명합디다. 그래 애들 장난 덕분에 지난 석 달 동안 여기서 돈 좀 만지셨겠어요. 혹시 돈 때문에 일부러 놔둔 건 아닙니까?"

아저씨가 의혹을 제기하자 영진 엄마는 울음을 터뜨릴 것 같은 표정으로 부르짖었다.

"그게 무슨 말씀이세요? 저희는 애들끼리 뭘 하는지도 모르고 있었어요!"

"아이 엄마가 되어서 그런 것도 몰라요?"

영진 엄마는 속상한 표정으로 입을 다물었다. 아저씨는 고개를 절레절레 저으며 말을 이었다.

"나 원 참. 내가 해마다 나라에 내는 세금이 얼만지나 알아요? 땡전 한 푼 없던 우리 아버지께서 얼마나 고생해서 지은 건물인데, 이놈의 나라는 당최 국민들에게 해 주는 건 하나도 없으면서 틈만 나면 뜯어 가려고만 든다니까. 이제는 촌구석 어린애들까지 뜯어먹으려고 드니 어디 무서워서 살겠나, 원. 하여간 가진 게 죄라니까!"

아저씨는 구슬프기까지 한 말투로 신세타령을 늘어놓았다. 아이들은 '가진 게 죄'라니 이 무슨 황당한 소린가 싶었지만 어른들끼리 말하는데 끼어들었다가는 날벼락 맞을 것이 뻔해서 가만 있었다. 아저씨는 의자에서 몸을 일으키며 선언했다.

"됐고, 쓸데없이 기운 빼지 말고 법으로 따집시다."

"어르신!"

부모님들은 아저씨의 옷자락을 잡고 매달렸다. 멀리 K시에서 고등학교 동창들과 회식을 하던 영진 아버지 차 준위가 아빠들 중 제일 늦게 카페로 달려왔다. 차 준위는 건물주 아저씨를 카페 사장으로 믿고 다짜고짜 따지려다 영진 엄마에게 자초지종을 듣고 서는 앞장서서 아저씨를 달래기 시작했다.

세상 물정 모르는 어린애들이 철 모르고 벌인 짓이니 부디 고소는 참아 달라는 부모님들의 간곡한 부탁에 건물주 아저씨는 이도 저도 아닌 모호한 대답만을 남긴 채 벤츠를 타고 서울로 돌아갔다. 떠나기 전 잊지 않고 카페 공장의 미닫이문 열쇠를 압수한 것은 물론이었다.

건물주 아저씨의 벤츠가 어둠 저편으로 사라지자 아빠들은 일제히 뒷주머니에서 담배를 꺼내 물었고 엄마들은 땅이 꺼져라 한숨을 쉬며 아이들을 나무랐다. 아이들은 도살장에 끌려가는 송아지들처럼 각자의 집으로 끌려갔다.

주말이 지나고 전국의 고3과 재수생들은 수능시험을 마쳤다. 해방의 기쁨으로 학교는 떠들썩했지만 네 아이들은 만점짜리 수능 답안지를 처음부터 끝까지 밀려 쓴 수험생처럼 울적했다. 먼 옛날

갈릴레이라는 학자가 남긴 '그래도 지구는 돈다'라는 명언처럼 고등학생은 아무리 우울해도 학교에는 나가야 했다. 지구와 우주를 움직이는 원리가 변하더라도, 벤츠를 타고 온 건물주 아저씨에게 주거침입죄로 고소를 당하더라도.

아이들에게는 두 번 다시 카페 공장에 얼씬하지 말라는 엄명이 떨어졌다. 건물주 아저씨까지 나타난 이상 이번에는 말 뿐인 엄명이 아니었다. 카페 공장의 지난 주말 장사는 쫄딱 망했다. 민서가 인스타그램에 '주인장 사정으로 다음 주 화요일까지 쉽니다'라는 공지를 올려놓았지만 대부분의 손님들이 헛걸음을 했다.

지난 일요일, 정이는 못내 신경이 쓰인 나머지 집안 어른들이 밭에 나간 틈을 타서 카페로 달려갔다. 건물주 아저씨와 양복을 입은 남자 직원이 카페 앞에 경호원처럼 버티고 서서 찾아온 손님들을 일일이 돌려보내고 있었다. 버드나무 뒤에 몸을 숨긴 정이는 아저씨의 시퍼런 선글라스와 눈이 마주치자 부리나케 달아나는 수밖에 없었다.

영진의 책상에 모여 앉은 아이들에게 나혜가 말했다.

"엄마한테 들었는데, 그 아저씨 그냥 건물주도 아니고 어마어마한 땅부자래. 우리 동네부터 시작해서 칠동면까지 그 아저씨네 집안 소유 땅이랑 산이 장난 아니게 많대."

민서가 빠르게 고개를 끄덕이며 말을 받았다.

"울 아빠도 말해 줬어. 경기도 전체에 퍼져 있는 그 아저씨 땅을

다 합치면 300만 평이 넘는다더라."

"300만 평? 대박. 300만 평이면 얼마나 넓은 거야?"

"그게 전부가 아니라던데? 서울하고 제주도에도 그 아저씨가 지은 건물이 엄청 많대."

"뭐야, 지는 그렇게 부자면서 코딱지만 한 우리 카페 하나 갖고 난리를 친 거야? 존나 치사해!"

아이들은 분해서 어쩔 줄 몰랐다. 멀리 오동면까지 찾아왔다가 헛걸음을 했을 손님들을 생각하면 속상해서 눈물이 날 지경이었다. 손님들은 기분이 상해서 두 번 다시 카페에 찾아오지 않을지도 몰랐다. 어차피 다시는 문을 열 수 없게 되었지만. 카페 공장이 인터넷에서 유명해지지만 않았다면 땅부자 아저씨는 카페가 존재하는지도 모른 채 넘어갔을지도 모른다고 생각하니 더욱 속이 상했다. 가진 땅이 너무 많은 나머지 자기 건물 중 한 곳을 아이들이 쓰는 줄도 모르고 외국에서 지냈던 땅부자 아저씨는 지독한 욕심쟁이라는 생각을 떨쳐낼 수 없었다.

"우리 이제는 절대 카페 못 하겠지?"

"그렇겠지. 건물주 아저씨가 누구든 카페 근처에 얼씬댔다가는 우리 전부 고소한다고 부모님들한테 경고했다니까."

아이들은 반 아이들 눈치를 보며 작은 소리로 이야기했다.

"설마 진짜 고소할까? 우리 미성년자잖아."

"미자라도 고소 성립은 될 걸. 옆반에 실제로 고소당했던 애 있잖아. 걔 멘붕 와서 원형탈모까지 생겼대."

지난해 유명 인사의 페이스북에 악성 댓글을 달았다가 사이버 명예훼손죄로 고소를 당했던 1학년 아이가 있었다. 초범에 미성년 자라 기소유예 처분을 받았다지만 부모님과 함께 멀리 대전에 있는 경찰서까지 가서 훈계를 듣고 와야 했고, 학교 선도위원회에서도 벌을 받았다. 악플러라고 친구들에게 놀림을 받는 건 덤이었다.

"그런 멍청이랑 우리가 같아?"

"법으로 따지면 우리가 지은 죄가 걔보다 훨씬 심한 것 같은데."

악성 댓글로 고소를 당해도 그렇게 혼쭐이 나는데 주거침입죄로 고소를 당하면 어떻게 될까, 상상하자 모골이 송연해졌다.

"우리도 경찰서 가야겠지? 엄빠랑 같이……."

민서가 입맛을 잃은 표정으로 중얼거렸다. 땅부자 아저씨 앞에서 죄인처럼 쩔쩔매던 엄마 아빠의 얼굴이 떠오르자 아이들의 어깨에서 힘이 빠져나갔다. 영진은 조용히 책상 서랍 안에서 공책을 꺼내 펼치며 말했다.

"사람이 한 번 빈집에 들어가면 그 집에서 살 수 있는 권리가 생긴대. 그게 비록 남의 집이더라도."

"진짜?"

영진의 공책에는 '강제퇴거', '고소 성립 요건' 같은 어려운 말들이 오답노트처럼 질서정연하게 적혀 있었다. 영진은 지난 주말 내내 방에 틀어박힌 채 땅부자 아저씨가 엄포를 놓았던 주거침입죄에 대한 내용을 인터넷에서 검색해 연구했다.

"불법 점유자라 하여도 법원의 집행 결정문이 없이는 사람 혹은 물건을 점유한 공간에서 임의로 치울 수 없습니다."

영진은 빨간 볼펜으로 밑줄을 쳐 놓은 문장을 또랑또랑하게 읽어 주었다. 정이가 물었다.

"뭔 말인지는 잘 모르겠는데 아무튼 우리가 어떻게 하면 되는 거야?"

"공간을 점유해야 한다. 즉, 우리가 카페 안에 들어가 있으면 돼."

나혜가 안타까워하며 말했다.

"열쇠 아저씨한테 뺏겼잖아. 어떻게 카페 안에 들어가?"

정이가 카페 창문을 깨고 들어가자는 무모한 의견을 내놓으려는 찰나, 민서가 교복 재킷 주머니에 손을 넣었다가 뺐다. 민서의 손바닥에는 은빛으로 반짝이는 작은 쇳조각 하나가 놓여 있었다.

"잊었어? 우리 열쇠 하나 더 있잖아."

아이들의 눈이 한밤중에 찻길을 내달리는 길고양이들처럼 번쩍였다.

아이들은 카페 공장으로 달려갔다. 오늘도 땅부자 아저씨가 앞문을 지키고 있을지 모른다는 정이의 주의를 듣고 신중하게 오솔길 반대편 막다른 길로 빙 돌아서 카페로 접근했다.

다행히 땅부자 아저씨의 벤츠는 보이지 않았다. 주말 내도록 지켜 서서 손님들을 돌려보내더니 드디어 서울로 돌아간 모양이었다. 아이들은 열쇠로 앞문을 열고 카페 안으로 들어갔다. 아저씨가 가구를 싹 치워 버리지 않았을까 걱정했지만 다행히 테이블과 의자, 커피 내리는 도구들까지 그대로 남아 아이들을 기다리고 있었다.

긴장이 풀어진 아이들은 화문석 위에 널브러졌다. 고향에 돌아온 양 안도의 한숨이 새어나왔다. 민서는 개다리소반 위에 놓인 메뉴판을 집어 들며 중얼거렸다.

"나, 이 메뉴판 진짜 열심히 썼는데."

"나도 커피 정말 열심히 내렸어."

"나도. 힘들고 짜증 날 때도 많았지만 그래도 보람 있었어."

정말 그랬다. 외지 손님들이 찾아오고 온갖 사건사고들이 터져도 카페를 그만두겠다는 생각만큼은 들지 않았다.

"……예전으로 돌아가기 싫어."

영진이 혼잣말했다. 모두 같은 생각이었다. 일상으로 되돌아가는 것이 싫었다. 지금까지는 찍어 낸 듯 변함없는 하루하루를 당연히 여기며 살아왔지만 이제는 달라졌다. 카페 공장 덕분에 어제와는 전혀 다른 오늘, 예측할 수 없는 내일이 다가온다는 게 얼마나 짜릿한 일인지 알아 버렸으니까. 매일 카페 문을 열고 새 손님을 맞고 인스타그램에 접속할 때마다 오늘은 또 무슨 일이 일어날까 가슴이 뛰었다. 불안할 때도 있었지만 그만큼 재미있었다. 이제 와서 평범한 날들로 되돌아가야 한다고 생각하니 숨이 막혔다.

"그래. 우리 의지로 그만두는 게 아니라 이런 식으로 되돌아가는 건 싫어. 카페 계속하고 싶어."

"힘들어도 좋아. 여기는 우리가 다 같이 만든 곳이잖아. 우리 힘으로 어떻게든 지켜내자."

아이들은 화문석 위에 나란히 누운 채 서로 손을 꼭 맞잡으며 다짐했다.

"너희들 뭐냐?"

성마른 목소리에 아이들은 소스라치며 몸을 일으켰다. 어느 틈엔가 활짝 열린 문 앞에 땅부자 아저씨가 눈을 부라리고 서 있었다.

"여기를 어떻게 들어왔어? 당장 나가지 못해!"

아이들은 아저씨의 호통을 못 들은 척 주저앉아 화문석에 아로새겨진 봉황 문양만 쳐다보았다. 영진이 가르쳐 주었던 법에 따르면 아저씨가 시키는 대로 카페 문밖으로 나가는 순간부터 카페에 대한 '점유권'을 행사할 수 없게 된다. 카페를 지키기 위해서는 카페 안에서 버텨야 했다.

땅부자 아저씨는 아이들이 괘씸해서 참을 수가 없었다. 부모들 앞에서 혼을 냈는데 정신 못차리고 또 카페에 몰래 들어온 것도 황당한 판에, 집주인 어른이 당장 나가라고 말하는데도 못 들은 척 가만히 버티고 앉은 작태는 더욱 가당찮았다. 꼭 무슨 데모나 시위라도 하는 듯한 모양새 아닌가. 어린 것들이 어디서 이런 행동거지를 배운 것일까? 그야 당연히 저희들 부모에게 배운 거겠지. 아이들의 앳된 얼굴에 멋모르는 어린애들 소행이니 너그럽게 봐 달라며 간청하던 부모들의 능청맞은 얼굴이 겹치자 아저씨의 마음 속에는 화가 치솟아 올랐다.

아저씨는 철제 의자를 하나 끌어다 주저앉은 아이들 앞에 놓고 앉아서 최대한 차분하게 들리도록 이야기했다.

"그렇게 여기에 카페를 차리고 싶었으면 정식으로 임차 계약을 하고 보증금과 월세를 낸 다음에 들어왔어야지."

영진이 떨리는 목소리로 말했다.

"법에 따르면 불법 점유자라도 집주인이 마음대로 쫓아낼 수는 없다던데요."

그 말을 들은 순간 아저씨의 부자연스럽게 팽팽한 뺨이 아래위로 꿈틀거렸다. 불같이 화를 내리라는 영진의 두려움 섞인 예상과 달리 아저씨는 성마른 웃음을 터뜨렸다. 정이가 첫날부터 불길하게 여겼던 바로 그 헛웃음이었다.

"이것들이, 보자보자하니까 아주 요망한 소리를 하네. 너희들 어디서 그따위 소릴 들었어? 너희 부모가 그러던?"

거기서 왜 울 아빠랑 엄마가 튀어나와? 정이는 화를 참지 못하고 대꾸했다.

"아뇨. 저희가 직접 인터넷에서 찾아봤거든요?"

아저씨는 정이의 말은 들은 척도 않고 호통을 쳤다.

"불법점유도 나름이지. 너희는 내 건물에서 마음대로 장사를 했어. 남의 땅에서 부당이득을 취했다, 이거야. 그게 무슨 뜻인 줄은 알고서 감히 법을 운운해?"

당황한 정이는 영진을 바라보았다. 차영진, 우리 학교에서 제일 똑똑한 네가 어떻게 좀 해 봐. 정이가 온 마음을 실어 보낸 텔레파시를 고스란히 수신한 영진은 식은땀이 솟는 손바닥을 쥐었다 폈다 하며 필사적으로 머리를 굴려 보았다. 밤새도록 인터넷에서 찾아 읽으며 정리했던 법률 지식을 떠올리려고 했지만 무서운 아저씨의 불호령을 들으니 까막눈이 된 것처럼 단 한 글자도 생각나지 않았다.

"건물주인 나에게는 너희들이 내 땅에서 취한 부당이득의 반환을 청구할 권리가 있어. 너희들 멋대로 여기서 석 달 동안이나 카페 운영했지? 그 석 달 동안 너희가 내 땅에서 번 돈을 나한테 전부 보상해야 해. 그뿐인 줄 알아? 너희들은 식품위생법 위반까지 했어. 식품위생법에 대해서는 안 찾아본 모양이지?"

아이들은 질려서 아무 말도 하지 못했다. 아저씨는 눈을 부라리며 호령했다.

"뭐 하고 있어? 지금 당장 찾아봐. 어서!"

나혜와 민서는 화들짝 놀라 스마트폰을 꺼내 검색 창을 열었다. 영진은 덜덜 떨리는 목소리로 아저씨에게 물어보았다.

"식품위생법이요?"

"너희들 여기서 카페 차리면서 영업신고 했어, 안 했어?"

영업신고라니. 아이들은 그런 게 뭔지도 몰랐다. 음악 소리 크기며 커피의 양이며 온갖 사소한 부분을 지적했던 손님들 가운데 누구도 영업신고에 관해 지적하지는 않았다. 그사이 인터넷에서 '식품위생법'에 관해 검색해 본 민서는 화면에 뜬 내용을 읽고서 기겁을 했다.

'무허가 영업시에는 10년 이하의 징역 또는 1억 원 이하의 벌금형에 처하게 됩니다.'

10년 징역, 1억 원 벌금. 눈앞이 캄캄해지도록 무시무시한 처벌이었다. 식당이건 카페건 간에 타인에게 음식물을 팔기 위해서는 무조건 영업신고를 해야 했다. 카페 공장처럼 무허가로 영업하는 가게를 몰래 사진 찍어 경찰에 신고한 사람에게는 포상금을 줄 만큼 식품위생법 위반은 중대한 죄였다.

"자격도 없는 미성년자들이 커피며 빵이며 온갖 먹거리를 만들어서 무허가 영업을 해? 간 큰 놈들. 너희가 얼렁뚱땅 만든 음식 먹고 식중독 걸린 손님이 고소하면 어떻게 되는 줄 알아?"

"아직 그런 일은 없었는데……."

정이가 기어드는 목소리로 변명했다. 그러자 아저씨의 입에서 벽력 같은 고함이 터져나왔다.

"아직? 아직이라고? 이놈 자식이 그걸 말이라고 해?"

구들장이 쩌렁쩌렁 울렸다. 정이는 너무 놀라 꿀 먹은 벙어리가 되었다. 아저씨는 무서운 기세로 고함 질렀다.

"건방진 자식들, 그건 단지 너희들이 운이 좋았던 것 뿐이야! 그 따위 무책임한 마음으로 남에게 돈을 받고 음식을 팔아?"

민서는 콧물을 훌쩍이며 딸꾹질하기 시작했다. 아저씨는 입을 크게 벌리고 심호흡을 하고 나서 말했다.

"너희들이 얼마나 큰 사고를 칠 뻔했는지 알겠어? 그것도 남의 건물에서 말이야! 그런 주제에 뭐, 불법점유가 어쩌고 저째? 기본 도 안 된 것들이 벌써부터 해괴망측한 사상에 물들어서는."

"저희는 정말 몰랐어요. 정말로……."

"모르긴 뭘 몰라? 아까는 인터넷에서 다 조사해 봤다며? 그래, 어 디 한번 경찰 불러다 놓고 너희들이 좋아하는 법대로 따져 보자."

아저씨는 더는 목청을 높이지 않고 비아냥거리기만 했다. 호통 치는 것보다 그런 태도가 훨씬 위압적이었다. 아이들은 겁에 질려 어쩔 줄 몰랐다. 이제는 진짜로 경찰서에 끌려가는 일만 남은 것 같았다. 자기들이 얼마나 큰 사고를 쳤는지 비로소 실감했다.

아저씨는 혀를 끌끌 차더니 경찰에 신고하려는 듯 스마트폰을 꺼 내 들었다. 놀란 아이들이 어쩔 줄 몰라하는 동안 맨 뒤에서 묵묵히 고개를 숙이고 있던 나혜가 무릎 걸음으로 친구들 앞에 나섰다.

"잘못했습니다. 용서해 주세요."

나혜는 손을 모으고 빠르게 아래위로 비비며 아저씨에게 사과 했다. 옛날이야기에 나오는 원님 앞에서 용서를 구하는 죄인 같았 다. 세 아이들은 정신을 차리고 허겁지겁 나혜를 따라 화문석 위에 나란히 무릎을 꿇고 열심히 두 손을 비비기 시작했다.

결국 땅부자 아저씨는 아이들을 용서했다. 물론 바로 용서해 준
건 아니고 아이들이 한 시간 넘게 무릎을 꿇은 채 손이 발이 되도
록 용서를 빌고, 지난 석 달 동안 카페 공장에서 번 돈을 한 푼도
남기지 않고 아저씨에게 돌려 드린다는 내용을 포함한 기나긴 반
성의 문자를 보낸 다음 내린 결정이었다.

카페 공장은 문을 닫았다. 땅부자 아저씨의 지시대로 아이들은
카페 공장의 인스타그램 계정을 삭제했고, 오솔길 근처에도 얼씬
하지 않았다. 옛 공장 지대는 여름 전처럼 쥐새끼 한 마리도 오가
지 않는 고요함을 되찾았다.

겨울 방학식 하루 전날에 카페 공장이 다시 문을 열었다는 이야
기가 들려왔다. 못 참고 구경 가 봤더니 웬걸, 카페 앞 오솔길에 외
지 손님과 자동차가 문전성시를 이루고 있었다. 꼭 몇 달 전 인터
넷에서 유명해졌을 때로 돌아간 듯한 풍경 앞에서 아이들은 아연
했다. 제각각인 테이블과 의자들, 한구석에 깔아 놓은 화문석 돗자
리와 개다리소반, 손글씨로 만든 메뉴판, 벽에 붙인 예스러운 포
스터까지 모든 것이 예전 그대로였다. 카페 간판도 정문 한가운데
떡하니 붙어 있었다. '카페, 공장'. 두 단어 중간에 괜스레 끼워 넣
은 의미불명의 쉼표까지 똑같았다.

한편 예전과 달라진 것들도 많았다. 새로운 카페 공장에는 대형

에어컨, 방앗간 도정기처럼 거대한 커피 볶는 기계와 한 번에 여러 잔을 추출할 수 있는 최고급 에스프레소 머신, 큰 유리장 안에 예쁘게 진열된 다양한 종류의 케이크들, 각종 신용카드와 현금 영수증 가맹점임을 알리는 공식 표지, 카페 안쪽에 새로 지은 깨끗한 화장실과 카페 공장의 로고가 박힌 텀블러와 에코백까지 갖추어졌다.

민서는 엄연한 표절이자 도용이라고 펄펄 뛰었다. 땅부자 아저씨에게 보기 좋게 속아 넘어간 것이었다. 이러려고 우리를 카페 공장에서 쫓아낸 거였구나. 아저씨의 술수에 아이들은 질려 버렸다. 역시 아무나 땅부자가 되는 건 아닌 모양이었다. 그러나 무엇보다도 아이들을 속상하게 만든 것은 새로 생긴 가짜 카페 공장에 냉큼 다녀와서는 예전보다 훨씬 좋아졌다고 신바람이 난 학교 친구들이었다. 아이들은 지금 생긴 카페는 표절로 만들어진 가짜라는 사실을 친구들에게 소상히 말해 주었다. 자초지종을 들은 친구들은 함께 분노하며 '가짜 공장'에는 절대로 가지 않겠다고 다짐해 주기도 했다. 물론 친구가 아닌 사람들까지 가짜 공장에 가지 못하도록 막을 도리는 없었다.

며칠 사이 인터넷 곳곳에는 '리모델링'을 마친 가짜 공장에 다녀온 손님들이 올린 인증이 쏟아졌다. 한결같이 가짜 공장을 칭찬하는 내용뿐이었다. 알바를 고용한 게 분명하다고 민서가 화를 냈다. 땅부자 아저씨의 재력이라면 세상에 못 할 일이 없을 터였다.

영진은 민서와 함께 저작권법에 관한 내용을 인터넷에서 검색했지만 예전과는 달리 의욕이 샘솟지 않았다. 땅부자 아저씨의 분노에 찬 호통을 떠올리면 오금이 저렸다. 저작권법에 대해 알아보면서 개인의 아이디어를 훔치고 베끼는 일이 숨 쉬듯 일어나고 있다는 사실만 배웠다. 질 것이 뻔한 싸움이었다.

"우리는 땅부자 아저씨 절대 못 이겨."

영진의 말을 들은 민서는 속상해서 펑펑 울다가 트위터와 인스타그램에 익명 계정을 파서 가짜 공장의 표절 사실을 온 세상에 알리겠다고 선언했다. 나혜가 민서의 손을 붙잡고 달랬다.

"이번에는 명예훼손으로 고소당하면 어쩌려고 그래?"

얼마 지나지 않아 가짜 공장은 전국으로 유명해져 방송에도 소개되었다. 한번은 요즘 인기 있는 TV 버라이어티 프로그램이 가짜 공장을 촬영 장소로 삼은 덕에 유명 아이돌 멤버가 오동면까지 찾아왔다. 온 동네 아이 어른 할 것 없이 연예인을 구경한다고 난리가 났었다.

오동면의 어른들은 다 죽어 가던 마을에 새로운 관광 명소가 생겼다며 기뻐했다. 땅부자 아저씨는 카페 옆 건물도 깨끗이 고쳐 놓았다. 한때 골칫덩이들이 술 마시고 담배 피우던 그곳에는 가짜 공장의 간판과 같은 글씨체로 '그림, 공장'이라는 이름이 붙었다. 그곳에서는 신진 예술가들의 미술 작품을 전시할 예정이라고 했다. 면사무소 소장님은 땅부자 아저씨와 악수를 나누며 기념 사진을 찍었다.

부모님들은 아이들이 또다시 해괴한 사고를 치는 일이 없도록 고등학교를 졸업할 때까지 아이들을 떼 놓기로 합의했다. 물론 그렇다고 해서 아이들이 부모님 말을 곧이곧대로 듣고 서로 모르는 척하지는 않았다. 그러나 예전처럼 집을 오가며 찰떡처럼 뭉쳐 다닐 수도 없었다. 해가 바뀌고 3학년이 되자 정이와 나혜, 민서와 영진 둘씩 반이 갈렸고 단톡방에 올라오는 메시지도 조금씩 뜸해졌다.

민서는 홍대입구 지하철역 밖으로 이어지는 계단을 오르기 전에 후드 점퍼에 달린 지퍼를 턱 밑까지 올렸다. 5월이 코앞인데 때늦은 추위가 제법 매서웠다. 엊그제 내린 봄비로 길바닥이 질척거렸지만 토요일의 홍대 앞은 언제나처럼 전국과 전세계에서 찾아온 사람들로 북적거렸다. 민서는 종종걸음으로 동교동 골목길에 있는 카페로 향했다. 이번에도 민서가 인터넷에서 검색해 찾아낸 카페였다.

영진은 이어폰을 끼고 카페의 창가 자리에 앉아 스마트폰을 보고 있었다. 민서는 정말로 영진이 맞는지 잠깐 멈추어서 확인해 보았다. 영진은 몰라보게 달라졌다. 길던 머리는 귀밑까지 올라오는 쇼트커트 스타일로 변했고 늘 끼고 다니던 두툼한 안경도 없어져 어른스러워 보였다.

즐겨 보는 미국 드라마에 푹 빠져 있던 영진은 등 뒤에서 민서가 어깨를 두드리자 깜짝 놀라며 이어폰을 뺐냈다.

"민서! 일찍 왔네?"

영진은 민서의 두 손목을 꼭 잡고 위아래로 신나게 흔들며 반겼다. 민서는 부끄럽게 웃었다.

"네가 더 일찍 왔으면서."

"나는 근처 살잖아."

민서는 후드 점퍼를 벗으며 영진 앞자리에 앉았다. 이윽고 나혜가 커다란 백팩을 짊어지고 카페로 들어왔다. 나혜는 우글거리는 손님들 사이에서 친구들을 금방 찾아내지 못하다 영진과 민서가 크게 손을 흔들며 제 이름을 부르자 냉큼 달려왔다.

"와, 나혜 살 대박 많이 빠졌다!"

민서가 감탄하며 외쳤다. 둥글던 턱이 갸름하게 올라붙은 나혜는 멋쩍어하며 백팩을 내려놓았다. 마지막으로 짧은 치마를 입은 정이가 어깨에 커다란 에코백을 걸쳐 메고 헐레벌떡 카페로 뛰어들었다. 변함없는 지각 대장이라며 영진이 정이를 놀렸다. 네 아이들은 따뜻한 아메리카노 두 잔과 아이스 카페 라테와 민트 초코 라테를 주문했다.

"이렇게 뭉쳐서 서울에서 보는 거, 정말 오랜만이다."

"그러게. 거의 2년 만이지?"

"시간 대박 빨리 간다."

지난해 가을, 넷은 다 같이 수능을 치렀다. 올해부터는 모두 법적 성인이었다. 할 이야기가 한가득 쌓여 서로 말문을 막아 가며 수다를 풀어놓았다.

"앗 참. 얘들아, 우선 이거부터 받아."

정이는 에코백에서 작은 종이 가방 세 개를 꺼내 친구들에게 하나씩 나누어 주며 설명했다.

"이게 뭔데?"

"우리 회사에서 개발한 드립백 커피야. 과테말라 마이크로닷이랑 케냐 원두로 만들었어. 머그에 끼워서 뜨거운 물 붓고 마시면 돼."

아이들은 드립백 커피 상자를 테이블 가운데에 모아 놓고 인증 사진을 찍었다. 정이는 K시에 있는 원두 수입 회사에 취직했다. 정이는 고등학교 3학년 내내 진로를 놓고 고민했다. 커피랑 관련 있는 일을 하고 싶다는 생각을 떨쳐낼 수 없었다. 처음에는 무작정 바리스타 자격증만 딸 생각으로 인터넷을 검색하다 카페를 차리고 싶다는 생각까지 품게 되었다. 물론 고등학교만 졸업했을 뿐인데 카페를 차릴 수는 없는 노릇이었다. 할아버지에게 이야기해 보았더니 '카페를 차리고 싶으면 먼저 커피에 관한 모든 것에 통달하라'는 조언을 들었다. 커피에 관해 통달하려면 커피 회사에 다녀야겠다는 생각에 구인구직 사이트를 뒤져 보니 때마침 K시에 있는 회사에서 신입 사원을 뽑고 있었다. 시험 삼아 지원해 봤더니 그대로 합격해서 지금에 이르렀다.

이어서 나혜가 백팩에서 커다란 비닐봉지를 꺼내 펼쳤다. 비닐 포장에 든 소시지빵이며 생크림빵이며 온갖 종류의 빵이 가득했다.

"우와! 뭘 이렇게 많이 가져왔어?"

"어차피 매일 남는 거야. 가져가서 부모님이랑 같이 먹어."

나혜는 지난 3월부터 칠동면에 있는 프랜차이즈 빵집에서 제빵사로 일하기 시작했다. 제빵사의 하루는 고되었다. 아침 7시부터 일을 시작해 저녁까지 계속 빵을 반죽하고, 굽고, 뒷정리와 청소까지 마친 뒤 퇴근하면 공장에서 일하는 아빠보다 훨씬 늦게 귀가했다. 다이어트를 하지 않아도 저절로 살이 빠졌다는 나혜의 말을 들은 친구들은 혀를 내둘렀다.

"참, 영진이 라식수술했다며?"

"응. 엄마가 인 서울 붙으면 시켜 준댔으니까."

영진은 홍대입구역에서 멀지 않은 곳에 있는 대학에 합격했다. 누구라도 알 만한 대학이었다. 덕분에 영진은 해마다 학교 교문에 걸리는 합격자 플래카드에 큰 글씨로 이름이 적히는 영광을 누렸다.

"대학 공부 빡세지 않아?"

정이의 질문에 영진은 한숨을 쉬었다.

"빡세지. 특히 우리 과는 강남 출신이 많아. 알게 모르게 걔네랑 비교 돼서 자괴감 들 때도 있고……."

영진이도 공부 때문에 자괴감이 들기도 하는구나. 정이는 신기하면서도 영진이 안쓰러웠다. 영진의 전공은 경영학이었다. 영진도 정이처럼 커피나 카페에 관한 일을 하고 싶어서 고3 내내 고민을 거듭했다. 처음에는 막연히 식품영양학과에 지원할까 생각했지만 정이나 나혜처럼 직접 음식을 만드는 데는 별다른 소질도 흥미도 없어 생각의 방향을 바꾼 끝에 경영대학에 진학하게 되었다.

"영진아, 공부하다 당 떨어지면 빵하고 커피 먹고 힘 내. 참, 민서도."

"맞아. 지금은 우리 중에서 민서가 제일 힘내야지."

친구들이 다 같이 응원해 주었다. 민서는 손가락 끝으로 빵 봉지 귀퉁이를 만지작거리며 멋쩍어했다. 민서는 대학에 떨어지고 재수하는 중이었다. 처음에는 재수할 생각이 없었는데 미대에 가서 디자이너가 되겠다는 꿈이 생겨 마음을 바꾸었다. 엄마는 재수를 완강하게 반대했지만 아빠가 편을 들어 주었다.

"딱 1년만 해 보고 또 떨어지면 닥치고 무조건 취업하기, 붙건 떨어지건 상관없이 학원비는 돈 벌면 다 갚기. 이게 울 엄마가 나 재수시켜 주는 조건이야. 징하지 않아? 자기는 미대 나왔으면서 왜 나더러는 가지 말라고 난리인지 모르겠어."

"그래도 재수시켜 주시는 게 어디야."

나혜의 말에 민서는 고개를 끄덕였다. 엄마는 말은 그렇게 하면서도 매일 멀리 K시에 있는 입시 미술학원까지 차를 몰고 민서를 데리러 와 주었다. 민서는 꼭 미대에 합격하겠다고 새삼스레 다짐했다.

"나혜는 나중에 외국으로 유학 가는 게 목표라며?"

나혜는 멋쩍어하며 말했다.

"응. 돈 모아서 스물다섯 살 되기 전에 프랑스에 있는 제빵 학교에 유학 가려고. 진짜로 갈 수 있을지는 모르겠지만, 일단 돈은 모아야지."

아이들은 감탄했다. 멀리 외국까지 이어지는 꿈을 꾸는 나혜가 무척 대단해 보였다. 제빵사 일은 녹록잖지만 나혜는 일이 싫지만은 않았다. 매일 아침저녁으로 빵을 사 가는 단골손님들을 지켜보며 먼 훗날 차리고픈 자기만의 빵집을 그려 보았다. 나혜 엄마는 오동면에 작은 치킨집을 차렸다. 치킨집을 차리기 전에는 한껏 희망에 부풀었는데, 매출이 잘 나오지 않아 고생이 말이 아니었다. 프랜차이즈 자영업에 대해 제대로 배워서 엄마를 돕고 싶다는 생각도 드는 요즈음이었다.

"나혜는 진짜 멋진 제빵사가 될 거야."

"그래. 우리 예전에 카페 할 때도 나혜 빵 대박 잘 팔렸잖아?"

"맞아. 오픈 하자마자 완판되는 브라우니!"

"아메우니 세트도 인기 폭발이었지. 정이는 손목 나가서 파스 붙이고."

"이상한 손님들 아직도 기억나. 며칠 전에 내가 활동하는 커뮤

니티에 그때 봤던 진상 손님 썰을 풀었더니 완전 흥해서 짤방으로 박제된 거 있지."

카페 공장 이야기가 나오자 아이들은 앞다투어 추억을 쏟아 내었다.

"우리, 그때 참 재미있었지?"

한바탕 수다의 폭풍이 휘몰아치고 난 뒤 찾아든 침묵 속에서 영진이 혼잣말처럼 중얼거렸다. 민서는 커피 위에 묽게 퍼져 가는 생크림을 스푼으로 저으며 웃었다.

"지금 생각하면 우리 진짜 또라이였어. 그치?"

"솔직히 제정신 아니었지."

맞아, 맞아. 동의하며 아이들은 웃었다. 남의 건물에 멋대로 들어가 아지트로 삼고, 자격도 없이 어설픈 카페를 차려 동네 친구들에게 커피를 팔고, 그 카페가 온라인에서 유명해져서 외지인들까지 찾아오고, 마지막에는 뻔뻔스럽게도 건물주 아저씨한테 맞서려 들기까지. 카페 공장 소동을 일으킨 지 겨우 2년이 지났지만 코흘리개 아기 시절의 장난처럼 느껴졌다.

'가짜 공장'은 오동면에서 사라졌다. 문을 열고 몇 달 동안은 잘 나가는 듯하다 점점 손님들의 발길이 뜸해지더니 작년 여름에 문을 닫았다. 카페 옆 건물에 차려놓은 '그림, 공장'도 함께 문을 닫았다. 햇볕과 비바람에 빠르게 색이 바래 가는 두 공장들의 간판을 보며 아이들은 쌤통이라고 고소해하면서도 조금 쓸쓸해지고는 했다.

"그때처럼 무언가를 재미있게 할 수 있을까? 그토록 바보같이 푹 빠져들 수 있는 일이 또 생길까?"

민서가 중얼거렸다. 정이가 대답했다.

"그러기 위해서 노력하고 있잖아."

카페 공장에서의 경험은 모두의 진로에 알게 모르게 영향을 미쳤다. 커피 회사에서 일하는 정이, 경영대학에 들어간 영진, 디자이너가 되기 위해 재수를 결심한 민서, 제빵사로 일하며 프랑스 유학비를 모으는 나혜. 네 아이들의 삶은 제각각이지만 마음 속에는 늘 카페 공장이 있었다. 이제 돌아보면 철없던 때의 장난이었다고 생각하면서도, 그때 느꼈던 감정만은 진심이었다는 것을 구태여 말하지 않아도 모두 알고 있었다.

카페 공장을 열기 전까지 아이들의 삶은 다 거기서 거기였다. '꿈이 없다'는 뻔한 말로 대신할 수 있을지도 모른다. 어른들은 어릴 때 꾸는 꿈이란 원래 이루어지지 않는 법이라고 말했다. 인생살이라는 것은 다 거기서 거기라고, 남들 사는 대로 사는 게 고생을 덜 하는 지름길이라고. 실은 그런 조언은 한때나마 꿈을 가져 본 사람이기에 할 수 있는 말일지도 모른다고 미심쩍어하면서도 그런가보다 하는 수밖에 없었다. 고등학교 2학년의 한여름, 아무도 찾지 않던 공장 지대 한구석에 카페 공장이 들어서기 전까지는.

네 아이들이 모여 앉은 카페에는 끊임없이 손님들이 드나들었다. 예쁘고 날씬하고 잘 차려입은 사람들, 돈도 시간도 많아 보이는 여유로운 사람들, 서울 사람들.

그들을 보며 예전처럼 마냥 기죽지 않는 것은 이제 네 아이들도 어른이 될 준비를 마쳤다는 뜻일지도 몰랐다. 아이가 어른이 된다는 것은 천지가 뒤집히는 커다란 변혁이라기보다 스스로에게 아주 조금 더 확신이 붙는 작은 변화에 더 가깝다. 남들이 하는 이야기만 듣고 그런가 보다 하고 지레짐작밖에 할 수 없는 불안함과 두려움에서 한 발짝이나마 벗어나는, 겨우 그뿐이지만 분명한 변화.

큰길가와 뒷골목에서는 하늘의 별만큼 많은 카페들이 생겨났다 사라지고 있었다. 카페 공장은 수많은 별들 중에서도 특히나 빨리 사그라진 별똥별이었다. 카페는 사라졌지만 아이들은 어른들이 말해 주지 않아도 알았다. 삶에는 완전히 사라지지 않는 것도 있다는 것, 사라지지 않는 것들에는 우리 스스로 이름을 붙일 수 있다는 것. 이를테면 꿈, 추억, 마음, 우정이라고.

■ 작가의 말

　어릴 적의 나는 커다란 근시 안경을 끼고 책에 빠져 살던 아이였다. 동네 책방과 학교 도서관, 책이 많은 친구네 집, 손님용 만화 잡지를 여러 권 비치해 놓은 동네 병원까지 뺑뺑이를 돌며 아직 읽지 못한 책을 집요하게 찾아다녔다.

　그런가 하면 책을 벗어나서는 이른바 겉도는 아이였다. 그 시절 교실과 집에는 내가 있을 자리가 없다고 느꼈던 모양이다. 현실은 내가 원하는 방향으로만 움직여 주지 않는다는 당연한 사실을 받아들이기가 참 힘겨웠다. (나이를 먹고서도 현실을 있는 그대로 받아들이기란 쉽지 않은 일이다.) 책 속에는 현실의 제약을 뛰어넘은 다양한 인생살이가 펼쳐지고 있었다. 나처럼 굼뜨고 요령 없는 주인공이 상상도 못 할 행운을 거머쥐기도 하고, 나와는 비할 수 없이 멋지고 고결한 주인공이 뼈아픈 좌절을 겪기도 했다. 수많은 이야기를 통해서 나는 잠시나마 현실에서 벗어나 행복할 수 있었고, 현실을 이해하는 힘을 길러 낼 수도 있었다.

원고를 준비하는 동안 고등학생끼리 시골에서 카페를 운영한다는 설정이 비현실적이라는 평을 듣기도 했다. 나는 정이와 영진, 민서, 나혜에게는 가능한 한 많은 가능성을 내어 주고 싶었다. 어릴 적 나를 소설에 빠져들게 한 원동력은 픽션이 허용하는 무한한 가능성이었다. 『카페, 공장』을 읽는 짧은 순간만이라도 각자의 꿈과 기대를 어김없이 배반하는 현실에서 한숨 돌릴 수 있기를 희망했다.

  책이 만들어지기까지 물심양면으로 애써 주신 최성휘 차장님을 비롯한 자음과모음 편집부 여러분, 멋진 표지를 그려 주신 이공 작가님, 일면식 없는 작가의 인터뷰 요청을 흔쾌히 받아들여 지방 소도시 학생들의 실정에 관하여 친절히 알려 주신 관인 고등학교 강신필 선생님께 감사의 말씀을 전한다. 마지막으로 언제나 지척에서 가장 큰 응원을 보내 주는 정재인 씨, 이번에도 감사합니다.

카페, 공장

© 이진, 2020

초판 1쇄 발행일 | 2020년 5월 25일
초판 7쇄 발행일 | 2023년 10월 1일

지은이 | 이진
펴낸이 | 정은영

펴낸곳 | (주)자음과모음
출판등록 | 2001년 11월 28일 제2001-000259호
주   소 | 10881 경기도 파주시 회동길 325-20
전   화 | 편집부 (02)324-2347, 경영지원부 (02)325-6047
팩   스 | 편집부 (02)324-2348, 경영지원부 (02)2648-1311
E-mail | jamoteen@jamobook.com

ISBN 978-89-544-4261-9(43810)